極上の別れの条件

森田亜紀

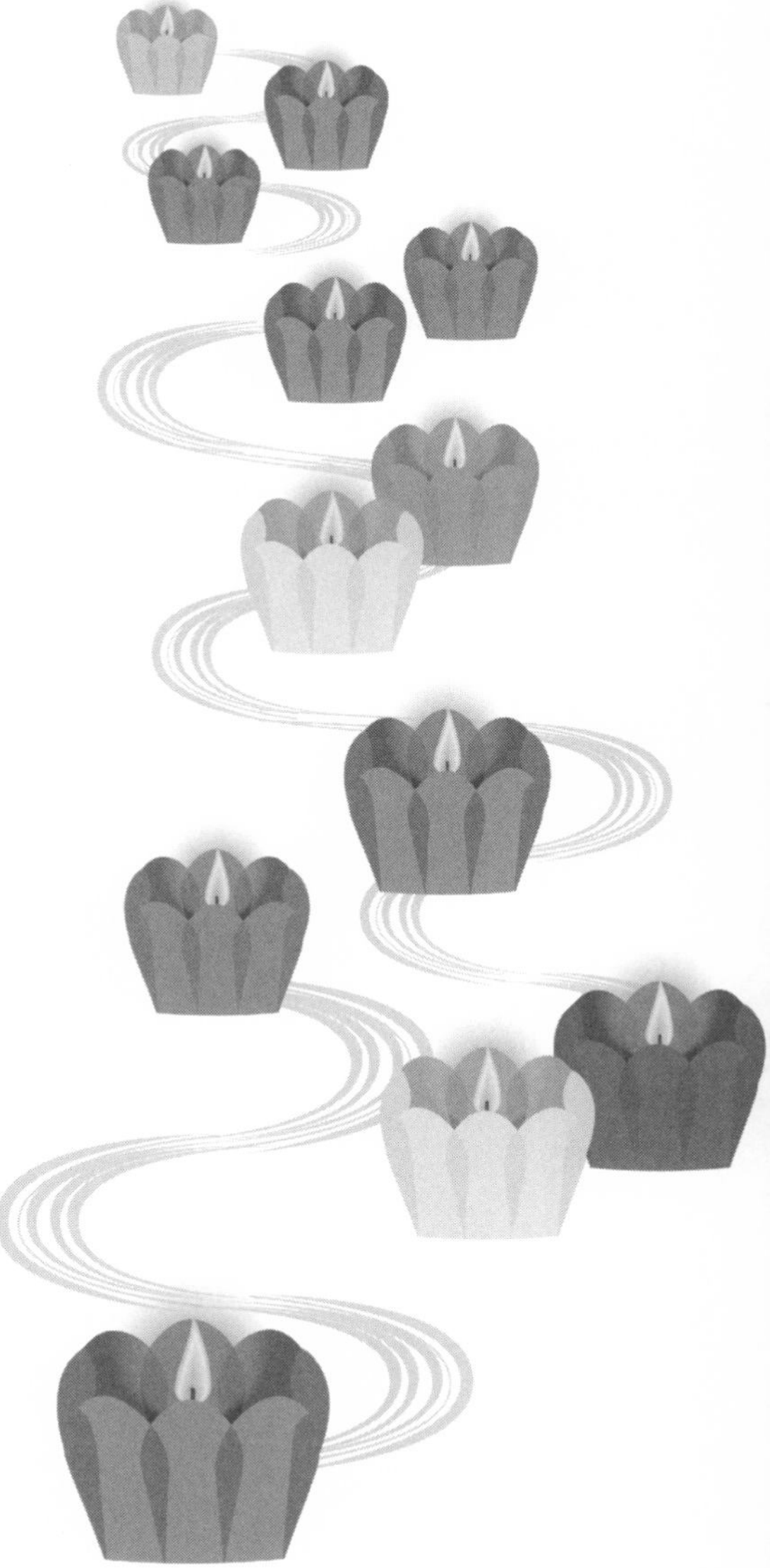

文芸社

題字　花谷香麗

はじめに

私が勤めていたハワイのホスピスでは数ヶ月に一度、１００名ほどの全従業員が集まるスタッフ合同ミーティングがあった。その冒頭でいつも所長が冗談混じりに、

「さぁ、抜き打ちクイズだ。僕たちの理念はなんだい？」

と問いかける。そして私たちも「またか」と笑いながら、

「Bring hope（希望を支え）Reduce fear（恐れを和らげ）Impact Lives（人生に違いをもたらす）」

と口々に答える。そう答えながら、私は心の中で「終末期の人に希望って？」と首を傾げたことがあった。

その答えはホスピスケアという生と死の神秘とキセキが交錯する日々の中にあった。

ホスピスには、余命６ヶ月と診断され、延命治療を望まない人たちがやってくる。残りの人生、管に繋がれて病院で過ごすのは嫌だと治療を辞めてくる人もいれば、延命治療は

もう効果がないと医師に言われて絶望の中、入所してくる人もいる。自分の命に限りがあるという事実に直面して、不安や恐怖に押しつぶされそうになっている患者さんの顔に浮かぶのは苦悩の文字だ。

そんな患者さんから「もっと早く在宅ホスピスに入っておけば良かった」という言葉をどれほど聞いたかわからない。家族のいる自宅で、身体への苦痛や辛さを緩和し、大好きなものを好きなときに味わい、四季の移り変わりを愛で、人と笑いあい、残された時間の中で喜びや愛情を心ゆくまで味わう患者さんには入所時の苦悩は消えている。

完治するという、一つの希望は失われたかもしれない。しかし残された時間の中には数え切れないくらいの希望がある。見ようとしなければ、見えないものだ。そしてどの状況にあっても希望は失われることがない。

病状は進み、死はいつか訪れる。ホスピスケアは死にいく場所だという先入観を否定はしない。ただそう語る人は、ホスピスで過ごす時間が人間として尊厳を持って生きる時間であるということを知らない。どんな人生を歩んできた人も、どんな孤独にある人でも、この時間は人生を振り返り、許し、許され、愛し、愛され、別れを整える貴重な時間である。死を生きる旅の中で身体、心そして魂の準備が整い、旅立った人は安らぎと平安に満たされている。

こうした最期の時間を私は「極上の別れ」と呼ぶ。マニュアルのようなものはない。まさしく科学と神秘が織りなすキセキだ。そして私はたくさんのキセキに立ち会ってきた。

高齢化に加え、自然災害、未曾有の感染症など、別れがいつやってくるのか予測できない時代であるからこそ、今を生きる大切さが問われる。そしてもしものときがやってくる前に別れを意識し、準備を整えることで、いのちがさらに輝きを放つものになるのだ。極上の別れの中で、人は、死とは肉体との関係の終焉に過ぎず、それが魂の絆や永遠の愛情を確かめる時間であることを知る。

私はどのいのちも極上の別れを迎える権利があると思っている。それは科学としての医療に捉われていれば難しい。しかしこの本を手に取ることで、生と死の科学と神秘について考えるきっかけになれば、これほど嬉しいことはない。

この本を書くにあたって、もうこの世にはいないたくさんの患者さんたちに登場いただき、知恵を授かった。その方々のプライバシーを守るために、名前や詳細を意図的にかえてあるということを事前にご了承いただきたい。

目次

序

それまで米国で子供との心理治療に携わっていた私をホスピスケアに導いたのは、母との極上の別れと、対照的な父との別れだった。

昔から子供の治療に関わりたくて心理の道を目指した訳ではなく、3年間のニューヨークの病院研修で、とにかくできるだけ多くの経験を積み、将来の方向性について決めようと思っていた。

日本では博士課程を終了した臨床心理士（サイコロジスト）としての職業はまだ確立しておらず、数も米国に比べると極端に少ない。一方米国では心理の専門家として病院、教育機関、個人クリニックなどでエビデンスに基づいた心理療法を提供する。私の大学があるニューヨーク州では石を投げればサイコロジストに当たると言われるくらいで、その数は2012年のデータで一万二千人にものぼる。心の病の治療から、悩み相談、自己啓発に至るまで幅広く活躍する。

だからといってニューヨークでは心の問題を抱えた人が特に多いという訳ではなく、サイコロジストへの信頼性が厚く、偏見が薄いのだ。ハリウッドスターや芸術家の多くは、浮き沈みの激しい世界で輝き続けるために足繁くサイコロジストの元に通い、心を見つめ、自分を磨き、成長し続ける努力を惜しまない。

病院研修の後に子供との治療を決心するきっかけになったのは、摂食障害クリニック、小児精神外来、思春期救急での経験だった。子供たちを取り巻く家庭問題や社会環境は複雑で、豊かな日本で生まれ育った私には衝撃的なことも多かったが、彼らが備え持つリジリアンスや純粋さに惹かれたのかもしれない。

アメリカの子供たちは大人のような口ぶりで、正直に思いをぶつけてくる。そんな打てば響く大人のような子供たちとの関わりを楽しむようになっていった。将来のある彼らに、駆け出しだった自分を重ね合わせていたところもあったのだろう。そんな中、遠い日本では母が肺がんの診断を受けて治療を始めていた。

母にもたらされた死の可能性は、これまで直視することのなかったものにいやがおうでも目を向けなければならないことを意味していた。子供たちとの治療に生命力や希望を感じていた一方、私生活では人間の脆さと命の限界に葛藤していた。そうしているうちに突然父がくも膜下出血で倒れ、治療の甲斐なく約1年後に他界した。米国に住んでいた私は、出棺にすら間に合わなかった。新型コロナウイルスで家族を亡くし、その亡骸にすらお別れをすることができなかった遺族がテレビに映し出される度に、12年前のかすかに苦い思い出が蘇った。

一方、母とは全く異なる別れを経験した。7年間の闘病生活の後、最期は緩和ケア病棟で安らかな死を看取った。両親のまったく異なる最期により、これまで生にしか目を向けてこなかった私の世界が激変することになった。

母の法事を済ませてアメリカに戻った私は、ホスピスケアに興味を持つようになり、ハワイ州にあるホスピスでボランティアを始めるようになった。2年後仕事の募集があったのをきっかけにブリーブメントコーディネーターの職についた。日本では馴染みのない職種だが、日本語に訳すと遺族ケアコーディネーターとなるだろう。

その役割は、日本の緩和医療やホスピスケアを提供する機関では、看護師やソーシャルワーカーが兼任していたり、ボランティアが支援をしているところもある。どちらにしても職業としては確立しておらず、その役割はあまり知られていない。ハワイのホスピスでも、私が着任するまでは、ベテランのチャプレン（スピリチュアルケアを提供する臨床宗教士）が兼任していた。米国では遺族ケアはホスピスケアの重要な支援の一つで、施設によって内容は異なるが、重要性が認知されている。ただどういう経歴を持った人間がふさわしいかは、施設や提供するサービスの内容によるところが大きい。

本来ホスピスの患者さんに対して社会精神的支援を行うのはソーシャルワーカー、もしくはチャプレンであることが多いのだが、心理の専門家がやってきたということで、遺族だけでなく、終末期にある患者さんやご家族に対しての支援も担うようになった。精神社会的支援を重視し、ふさわしいスタッフをタイムリーに適所に介入させることで、心のこもった、質の高いケアを提供することができていたといえるだろう。

患者とその家族の心のケアに7年間関わって教えられたことは、別れの作業の大切さだった。遺族の立場に立ったグリーフケアの本は書店でもよく見かけるようになったが、本書では旅立つ側の別れの物語とともに、極上の別れを迎えるための心得を9つの条件にまとめた。たくさんの方に手にとってもらいたいという願いから一般書として執筆したが、現在病気を抱える方、見守るご家族、ご遺族、グリーフケアに興味のある方や、医療従事者の方にも生と死の神秘とキセキに触れていただく機会になればこれほどの喜びはない。

第一条　生きることをやめない　Never stop living

節目に立ち止まる

ホスピスには、6ヶ月もしくはそれ以下の余命診断を受けて、延命治療をしないと決めた方々がやってくる。しかしその決断の裏には複雑な思いが秘められている。自分で決めたのだから、納得しているとは限らないからだ。命に関する一大決心である。同意はしても納得できていない人もいれば、仕方なく同意した人もいる。治療を受けてきた主治医に裏切られたような気持ちで絶望や恨みを抱えている人もいれば、治療に関わった医療従事者たちに対して失望し、懐疑的な思いを残したままの人もいる。まだ生きたいと強く願っている人もいれば、もう生きたくない、早く死にたいと思っている人もいる。

そんな思いを含めて、その人の苦しみを知るというところからホスピスケアが始まる。これは身体レベルの痛みや辛さだけでなく、心の中の複雑な思いに耳を傾けるということも含まれる。そしてすべての苦しみを和らげるためにチームで支えていくというのが米国のホスピスの在り方だ。ホスピスケアへの入所は命の終わりではなく、そこから最期まで生きる始まりなのである。

普段、私たちは「死」を自分に起こるものとして意識しないで、生活している。過去や今日起こったことに気を取られ、明日起こることに悩み、1週間先、1ヶ月先のことに気を煩わされて過ごしている。目先のことに精一杯で、立ち止まって自分の人生をゆっくり考えるゆとりがないのが現代社会に生きるものの現実かもしれない。ふと気がつくと時間ばかりがたっている。かくいう私もアメリカに渡米したての頃、言語の習得や生活に順応することに精一杯で、毎日があっという間に過ぎていった。生活になれ、大学を卒業し、自分のライフワークとなるホスピスの仕事について、気がつけば日本を離れて30年もの時が流れていた。

人生には色々な節目がある。節目には自分の人生の道のりや成長を振り返る儀式のような役割がある。卒業、就職、結婚、出産、離婚、転職、子供の巣立ち、孫の誕生、退職、病気、家族の死などだ。節目はまるで人生のしおりのようだ。自分の人生を本に例えると、歳を重ねるごとに挟むしおりが増えていく。

節目にある時自分がどのような人生を送ってきたかを振り返らされるとともに、「今、自分は心残りのない人生を送っているのだろうか」という問いに直面する。私が初めてその問いに立ちどまったのは、日本で短大を卒業して、一部上場企業に就職して間もない頃であった。人生に急ブレーキがかかった瞬間だった。山の頂上にたどり着いたと思ったのに、実は違う山だったと一度気がついてしまったら、もう目隠しをして過ごすことはできない。少しの勇気と共に、その山を降りることにした。そして3年勤めながら次に登る山への準備をした。その後も節目は新しいことを始めたり、方向転換したり、私に成長のきっかけを与えてくれた。

自分の健康に関しても節目がある。これまで比較的大きな病気もせずに人生走り抜けてきたが、50を過ぎて再び急ブレーキがかかった。それは突然微熱と悪寒という風邪のような症状で始まったのだが、即入院となり、手術が必要となるほどの大事だった。敗血症を引き起こし、ＩＣＵに数日世話になった。入院したときは、命に関わるような病気であるという自覚は全くなかったのだが、病院でのクライシスというのは、こういうものだ。何かが起こるときにはあれよあれよという間に起こり、息を継ぐ暇もない。結局3週間入院を余儀なくされた。退院の喜びも束の間、家での闘病生活はもっと大変だった。約2ヶ月半の自宅闘病生活では肉体を持つことの苦しみと、肉体でしか味わえない喜びを実感した。この入院で、私は生まれて初めて自分の命の限界というものに触れた。

病院で主治医が手術前に同意書を持ってきたとき、心と身体がブルリと震えた。同時に、この数分間で自分の命に関わる決断をしろというのかと腹立たしくなった。頭は微かにぼうっとしている。それでも走馬灯のようにこれまでの人生が思い出された。日本で生まれ育ったこと、外国で体験してきたこと、出会ってきた人々、人生で学んだこと、与えて、与えられてきたこと、愛して、愛されてきたこと。人生やり残したことも悔いもなかった。同意書に署名をしながら、死ぬかもしれないということに全く恐怖がないことに気がついた。

この本を手にとったあなたはいかがだろう。あなたは心残りのない人生を送っているだろうか。そしてもしものときがくる前に、何をしておきたいと願うだろう。

最期という節目

ハワイでは、まだ暗いうちから一人でアラモアナビーチを走るのが私のルーチーンであった。夜の静けさがまだ残るこの時間に、思いっきり汗をかくと昨日までくよくよしていたことも、汗と共に蒸発し、新たな一日へのエネルギーが湧くのであった。眩い月が真っ暗な海を照らしているのに目を奪われながら、呼吸の苦しさや筋肉が軋む感覚を感じながら走る。頭はすごいスピードで動いている。いろいろなことが次々と浮かんでは消えていく。耳はイアフォンから流れてくる心地よい音楽に興じている。身体は足を踏み出すごとにしっかり地を蹴り、汗が滴っている。走り終わる頃には身体が起き出し、頭にほどよくエンジンがかかっている。生きているということを実感する時間だった。

大病をしてこのルーチーンはかき消えた。入院中は管をつけながら病棟の廊下を歩くだけでも一日の体力を消耗していたが、退院して少し体力がつくようになり、家の周りを少し歩けるようになった。そして数か月たって、これまで走り抜けていたアラモアナビーチのコースを日中にそろりそろりと歩くことができるようになった。

するとすると日中に走っていたときには素通りしていたものに気がつくようになった。カラフルな水着でビーチバレーを楽しむ若者たち、家族でピクニックにきている人たち、海から戻ってシャワーで砂を洗い流しているサーファーたち。バーベキューの肉が焼ける匂い、潮の香り、プルメリアの甘いアロマ。そこは自然と人の営みであふれていた。

最期の時間というのは、まるで走り抜けてきた人生から、ペースを落としてゆっくり歩くという時間なのではないかと思う。ただ歩くだけではなく、ときには立ちどまり、ベンチに腰掛けて、周りにある生の営みに目を留めてみてほしい。自分もその営みの一部であるということが、感じられるだろう。自分の殻に閉じこもり、頭に浮かんでくることや、心に重くのしかかることを感じないようにして、時間を過ごすのは、孤独の中に不安や恐怖を閉じこめようとしているようなものだ。一番悲しく、残念に感じるのは命が限られているという絶望と恐怖に脅かされ、残りの人生を生きる、ということを諦めてしまうことだ。

患者さんの中にはこのような心の痛みを抱えて入所してくる方も少なからずいる。しかし心のこもったケアを受ける中で、残りの人生の意味や喜びを重ね、最期まで自分らしく生き、穏やかに旅立たれた方に多く出会った。

80歳半ばのアレックスさんは壮年期には仕事が最優先で、家族を顧みてこなかった。自分の命が限られたものとなったとき、一家の大黒柱から、世話をされる立場になって、物事が自分の思い通りにならないフラストレーションやプライドから家族にやつ当たりしていた。車椅子の生活となり、耳も遠くなった。家族が笑っていても話に入っていけず、どうして自分に聞こえるように会話をしてくれないのかと腹が立ち卑屈になった。家族はそれでもアレックスさんにできるだけ優しく接し、介護に努めた。そんな中でもアレックスさんを苦しめたのは深い孤独感だった。成人した子供や孫が遊びに来て、家族で時間を過ごすとき、どうしても自分だけが孤立しているように感じるのを拭えなかった。そして過去を振り返り、それは自分に原因があるということに気がついた。彼の孤独感の裏にはこれまでの奥さんに対する深い罪の意識が秘められていた。表面的な優しさの後ろにある、冷えきった関係は日を追うごとに耐えられないものになっていった。

アレックスさんは限られた時間の中で、彼女との関係を改めたいと思うようになった。私が介入した話し合いの中でアレックスさんはこれまでの行いを振り返り、真摯に謝罪をした。そこで奥さんはこれまで押し込めてきた辛い感情を見せ、どれほど彼の言動に傷つけられてきたかを涙ながらに告白した。そして話し合いの最後言葉を選びながら、静かにこう伝えた。

「今は許すことができるとは言えないが、その気持ちは受け取った」

正直で誠実な答えだった。許しを得ることはできなかったけれども、凍りついていた彼女の心に少なからずの変化がもたらされた。心に重くのしかかっていた後悔の気持ちを手放し、残された時間の中で奥さんと家族との絆を取り戻したいというのが、アレックスさんの別れの準備で最も大切だったことだった。


ホスピスチームが患者さんと関わる時間はそう長くない。長くても1年、1年半、短ければ、一日ということもある。お会いする度にこれが最後かもしれないという思いで、大切にお話を伺うことにしている。残された時間を平安に満ちた穏やかなものにするには、これまでその方がどう人生に向き合ってきたか、そして残りの時間をどう過ごしたかが問われる。アレックスさんのように家族との人間関係や心に長年引っかかっていたことを何とかしたいと思う人は少なくない。それがうまく与えられた時間の中で解決につながるとは限らない。しかしそれが叶うとき、家族との絆や愛情が生きる希望や喜びとなり、残された時間が満たされたものになる。

ボブさんのベッドサイドには奥さんと娘さんがいた。いつもの光景だ。穏やかに談笑する中で、臨終のときに何を着たいかと娘に問われ、妻の方をむいて、

「君は何を着るつもりだい？」

と訊ねた。妻が微笑んで、

「そうね、イブニングガウンにでもしようかしら」

と答えると、

「じゃそれに合うように僕はタキシードだ。そしたら二人でダンスが踊れるからね」

と言った。これは亡くなった後、娘さんから聞いたエピソードだ。おそらく後年は夫婦で社交ダンスを楽しまれていたのだろう。この微笑ましい、ユーモアの溢れた会話から、

お二人の息の合った仲の良さや、悲しみではなく喜びを持って最期まで時間を過ごしていらっしゃる中に夫婦の愛情の深さが現れている。この会話からお二人が魂のレベルでも強く繋がっていたことがわかる。命が限られていると知ったときに、延命治療を継続せず、ホスピスケアを選択されたのは、こうした静かな時間を過ごしたいと思われたからだろう。ボブさんはご家族とのゆったりとした時間の中で、思い出を振り返り、家族の成長を懐かしみ、深い愛情を感じながらご自分の人生を、本を紐解くように、丁寧に味わったことだろう。アレックスさんとは対照的に、家族を愛し、愛され、「いい人生だった」と思える最期を過ごされた。

余命宣告を受けて、早い段階でホスピスへの移行を決断されてきた方というのは、お別れの準備をする時間が与えられているが、そのような選択をされる方はまだ少ない。

全米ホスピス協会（NHPCO）の２０１８年の統計[1)]によると、ホスピス入所後1週間以内に亡くなった方は約28％にのぼる。衝撃的な数値だ。28％の人は最後まで病気と戦って状態がかなり悪くなってからホスピスに入所しており、意識のあるうちにお別れをされたかどうかも定かでない。お別れをすることもなくお亡くなりになった方もいることが読みとれる。

日米で人生の最期に関わって、生と死が一本の線で繋がっていて、死は生の延長線上にあるということを実感した。そして私たちは様々な節目を通過しながら生きた証を育んでいく。人生の集大成である最期の時間には、それにふさわしい時間の過ごし方がある。

喜びや感動を生き続ける

あなたにとって人生に感動、喜び、成長、愛情を与えてくれるものは何だろうか。やりがいのある仕事は自分に自信と成長を与えてくれる。趣味は人生の充実感を増やし、人との繋がりを広げてくれる。そして大切な人との関わりは、心を満たし、深い感動を与え、愛情を感じさせてくれる。

長く子供たちに美術を教えてきたクリスチーナさんは末期の肺疾患で自宅で数々の作品に囲まれて最期を送っていた。庭には自作の鉢植えに植物や花が咲き乱れ、世界から集めてきた陶器や置物がところせましと飾られていた。家の中の壁という壁に家族の写真やアートがかけられており、そこはまるで彼女の生きた証で埋め尽くされた小さな美術館のようだった。私が訪れるたびにアルバムに集められた子供たちの作品の数々を見せながら、その裏話などを懐かしく話してくれた。病気がひどくなってからは、作品を作ることはなくなったが、自分が手掛けた庭を自慢そうにながめた。

独身だったドリスさんは腎臓がんの末期という診断を受け高齢者介護施設に移り住んでからも、オシャレを楽しむ人だった。車椅子で一緒に散歩にでかけるたびに数少ない持ち物の中からお気に入りのスカーフや帽子、ブレスレットなどを身につけた。決して高価なものではなかったが、ドリスさんが愛着を感じていたもので、それを身につけて、施設内の散歩でも、特別にどこかにオシャレして出かけるような素敵な気分になった。体調も日によって様々だったが、気分のいい日はベッドで大好きな歌を口ずさんだ。

医療の進歩と共に、早期診断が可能となり、治療法が進み、命を脅かすような病気になっても、人は病気と共存し長生きするようになった。がんはもう死の代名詞でなく、自分の一部として、共に生活をしていく病となった。

そういった環境の中で、患者さんに突きつけられるのは、与えられた時間をどう過ごして、どう生きるのかということである。それをサバイバーシップと呼び、国立がん研究センターや、地方のがん診療連携拠点病院、地域がん診療病院などでも様々な支援を提供している。

私の母は75歳のとき、ステージ2の肺がんと診断されてから7年間、がんと共存しながら生きた。2回大きな手術をし、抗がん剤治療や放射線治療も受けた。体力とスタミナが回復してからは、大好きな水泳教室にも行くことができた。そのときはまるで水を得た魚のように嬉しそうな顔をしていたのを今も覚えている。時間と共に、これまでのようなアクティブな生活を続けることはできなくなったが、そのニューノーマルに順応しながら、できることを楽しんだ。

がんと共存している人の中には、働き盛りや子育て真っ只中の人もいるであろう。日々変容する体調と相談しながら、無理をせず、周りの支えを素直に受ける心がけが鍵となる。日本人は人の迷惑になるということが何より気がかりだ。発想を転換して、「今は人に支えられている。迷惑をかけているかもしれない。それを感謝して受けいれよう。けれども元気になったら与えられた分、必要な人のためにできることをできる形で返していこう」と思えば罪悪感や羞恥心が感謝の思いや共感に変わるだろう。

心と身体を気持ちよくする

病気と共存するということは、病気を自分の一部、生活の一部として受け入れることから始まる。

アメリカ国立がん研究所は、サバイバーが病気と共存するヒントとして以下のようなことを呼びかけている[2)]。

・できるだけ日常生活を維持すること
・人生を楽しむのを忘れないこと
・ときには笑いとユーモアを
・適度な運動

様子を見ながら、仕事に復帰したり、これまでのように家族や友人たちと時間を過ごしたり、好きな趣味や余暇を楽しんだり、人生で充実感や喜びを感じた活動をできる範囲で続けていくということが、ニューノーマルに順応していくエッセンスとなる。これをきっかけにこれまで好きだった趣味や余暇に加えて、新しく楽しめるものを発見するのもいいだろう。ランニングのような激しい運動が好きだった人は、それをウォーキングやヨガのような身体に優しい運動に変えて見てはどうだろう。私は大病をする前は、アウトリガーカヌーを漕いだり海岸沿いを走るというのが好きだった。闘病中すっかり筋肉も体力も落ちて、それを続けることができなくなって、ウォーキングに切り替えた。今はそれにピラティスを加え、体幹を鍛えたりストレッチを楽しんでいる。

身体に気持ちの良いことは、心にもいいビタミン剤になる。心がウキウキするようなイベントに参加してみたり、近くの体育館やスポーツクラブで提供しているクラスなどをとってみるのも一つの手だ。そこでまた人との交流も広がるかもしれない。

心と身体は密接につながっている。むしゃくしゃしているときに汗をかいたら、すっきりしたり、気持ちが落ち込んでいるときに、人に会って、美味しいものを食べたら気が紛れたという経験は誰もがお持ちだろう。

しかし聞いてみると、趣味が偏っている人が多い。身体を動かすのが好きな人はハイキングや、スポーツなど外に出て人と楽しむことを好むが、自宅で一人で楽しめる趣味を持っていなかったりする。コロナ渦で自宅にいることを強いられ、それを痛感された方も多いのではないだろうか。新しい自分のレパートリーを増やしてみていただきたい。天気や体調に左右されず、心と身体を気持ちよくするためにレパートリーは多ければ多いに越したことはないのだ。

以下に心と身体が喜ぶアクティビティをあげてみた。自分が楽しめそうだなと思うものには、チェック（✓）をつけてみて欲しい。また☆は一人でできるもの、★は誰かと楽しむもの、□はうちでできるもの、■は屋外で楽しむものなど、好きな記号を使ってリストを整理しておくと見やすくなる。

心と身体が喜ぶアクティビティリスト

日記を書く

絵を描く

写真を撮る・工作をする
ガーデニングをする・植物を育てる
散歩をする
ドライブをする
テレビを見る
音楽をきく
料理する
映画鑑賞を楽しむ
YouTubeで可愛い動物のビデオを見る
ビデオゲーム・コンピューターゲームをする
買い物に出かける
部屋の片付けをする
読書をする
小旅行に出かける
ＳＮＳを見る・投稿する

チャットをする
安心できる人と電話で話す
コンサートや芝居を見にいく
スポーツ観戦をする
家族と遊ぶ
キャンプやハイキングにいく
ボランティアをする
思いっきりシャワーを浴びる
熱いお風呂に入る
運動する
瞑想する
美味しいものを食べにいく
大笑いする
Sudoku・クロスワードパズル・パズルをする
楽器を弾く

ネールサロンやヘアサロンにいく
カラオケにいく
ペットと遊ぶ・散歩をする
お菓子を作る
音楽に合わせてダンスを楽しむ
好きな曲のプレイリストを作る
家族の行事を計画する（誕生日会・お祝い事など）
部屋の模様替えをする
新しいことを学ぶ（言語や興味のあるトピックなど）
外食する
ボーリングをする
温泉でゆっくりする
教会やお寺を訪ねる
お昼寝をする
美術館・博物館巡りをする

しばらく電話やコンピューターから離れて静かに過ごす

ここに含まれない自分オンリーのアイテムを付け足してカスタムメイドのリストを作っておくのもいいかもしれない。

負の考え方を転換する

ものの見方や捉え方は私たちのストレスを緩和もするし、気分を落ち込ませることもする。その思い込みや思い癖が自分の現実を作ってしまうということだ。

心理療法の中に認知行動療法（Cognitive Behavioral Therapy）というのがある。エビデンスに基づいた効果のある療法として、臨床現場で主流になっている。ここでは心理の問題は、こう捉えられている。[3)]

①間違った考えや思い込みによることがある

②その考えや思い込みに沿った行動パターンによる

③考え方や行動を変えることで、心理状態を改善することができる

例えば、会社の同僚で愛想が悪いと思っている人がいるとしよう。廊下ですれ違ったとき、挨拶をしたのに、向こうからは返事がかえってこず素通りされた。「無視された」と取るか「あれ、聞こえてなかったのかな」と取るかでストレス度もその人との人間関係も大きく変わる。一度「無視された」と感じると、「失礼な人」というレッテルが貼られ、次に会ったときにはこっちも無視してやろうという気持ちになったり、嫌な思いを避けるために、その人自体を避け始めたりするかもしれない。さらに「バカにされた」と思えば、何らかの形で仕返しをしてやりたくなるものだ。ところがもし相手に不都合なことがあって考え事をしていて、あなたの声が聞こえていなかったと知ったら、どう反応が変わるだろうか。こういう経験は誰にでもあるものだ。自分の解釈やものの捉え方の違いで、その後の気持ちや行動が天と地ほど変わる。さらにいくつか例をあげてみよう。

病気や薬の副作用で体調がすぐれないと、身体や心にさまざまな変化をもたらすものだ。そういうとき、「昔はできたことなのに何でできないんだろう」とおちこんだり、悲しんだりするだろう。さらに「この状態がずっと続いたらどうしよう」と不安にもなるだろう。これが慢性化するとフラストレーションが溜まり、鬱や不安の原因にもなる。こうした負のスパイラルは断ち切らないと留まることをしらない。症状がひどい場合薬で対処する方法もあるが、行動や考え方を少し変えるだけで、大きく改善する。

例えば、乳がんだと診断されたとしよう。早期発見であれば完治も可能であるし、治療法も確立している。乳がんだと診断されても長く生存している人もたくさんいる。乳がんになったという事実は変えることができない。しかしその現実に対する捉え方や対処の仕方で目の前の現実は大きく変化する。陥りがちな負のスパイラルは「何で私がこんな病気になってしまったんだろう」「医者が早く見つけてくれなかったから病気になってしまった」というような考えからはじまる。そこから「私の人生、最悪なことばかりだった」とこれまで起こってきた数々の嫌なことを思いだしたり、「もう生きていても意味がない」と人生を結論づけてしまったりする。診断されてすぐは気持ちも落ち込むだろうし、自暴自棄になってしまうのは当然だ。大切なのはその後、どう負のスパイラルを転換し正のスパイラルをつくりあげていくかだ。負の考え方に捉われて、ただ自分を犠牲者としてあきらめてしまうのか、「じゃ自分には何ができるのだろう」と情報収集をして、がんとの共存に向けて努力するのかで、その後の人生の輝きが大きく変わる。

こうした考え方をしていくには練習が必要だ。私たちにはそれぞれ思い癖があるために、わかっていてもついついこれまでのようなマイナスの考え方に陥ってしまう。けれどもそんな癖も新しい習性を身につけることで、改善することができる。そして一度身につけた技はこれからもずっと役に立つ。心理の専門家について練習するのが一番確実だが、そうでなくても自分の負の考え方に気づく努力をして、その度に正の考え方に置き換えていく練習なら一人でもできる。次にあげる例を参考にしていただきたい。

心理学の中に、幸せに過ごす「ウェルビーング」ということを科学的に追求した分野がある。ポジティブ心理学は米国の心理学者であるマーティン・セリグマンが中心となり、その研究が進められてきた。セリグマンは人生を明るくするようなものの考え方や傾向は、学習することができることを明らかにした。そしてそれをもとに人生の逆境に立ち向かう抵抗力（リジスタンス）や楽観的な考えを養うプログラムを立ち上げた[4)]。私が先に述べた、自分を落ち込ませるような考え方を、転換していくという試みはまさしくポジティブ心理学のテクニックだ。負の考えは負の感情を招く。それによって気が落ち込んだり、イライラしたり、不安になったりと精神的にもストレスが増える。この理論をもとに様々なセラ

正のスパイラルをつくる方法

負の考え	正の考え	正の行動
何で私が病気にならなきゃいけないの。	原因はわからないから追求するのはやめよう。	治療に専念する。心と身体にいいことをする。
医者が悪い。	医者をせめてももとには戻らないからやめよう。	医者・病院を変える。自分ができること（情報収集・ネットワーク作りなど）に集中する。
人生、最悪なことばかり。	最悪なこともあったけど、いいこともあった。	よかったことも思い出す。うまくいったことを思い出す。今回も乗り切ろう。
生きていても意味がない。	生きていればいいこともある。	よかったことを思い出す。感動を増やす。生きることに努力している人と話してみる。
誰もわかってくれない。	わかってくれる人を見つけよう。	友達、家族、専門家と話してみる。
明日も最悪だったらどうしよう。	明日は明日で乗り切るぞ。あまり先のことは考えず明日１日サバイブできるように計画しよう。	今日よりいい日になるように努力しよう。
今の治療きいてるのかな。	医師や看護師に相談してみよう。	次の診察時に相談。病院の支援センターや相談窓口に今日電話してみよう。
ずっとこの状態だったらどうしよう。	体調は毎日変わるものだからいい日もよくない日もある。	担当医師・看護師に相談してみよう。何か気がまぎれることをしてみよう。

ピーがアメリカで病気を抱える人々に導入されている。乳がん患者対象のセラピーでは、クオリティオブライフの向上、幸福感、希望、ポジティブなものの見方などに良い影響があったという調査結果がある。[5)]

病気になるとどうしても、悲しいこと、恐怖感、不安や葛藤など辛い思いにとらわれがちになる。残りの人生を苦悩で満たしてしまうことほど残念なことはない。病気によって起こる身体的な変化や心の変化にうまく対処しつつ、クオリティオブライフやウェルビーングも大切にしていく。それは病気が命を脅かすものであっても、気をつけたい心の持ち方である。

セリグマンは幸せに暮らすために必要な5つの要素をあげている。それが正の感情、社会との関わり、いい人間関係、人生の意味、達成感だ。

先に「心と身体が喜ぶアクティビティリスト」を紹介した。選択したものをセリグマンの5つの要素にしたがって、正の感情を促すアクティビティ、社会との関わりを促すアクティビティ、いい人間関係をつくるアクティビティ、人生の意味や目的を実感するアクティビティに分類分けしてみていただきたい。各々の項目の数のバランスが取れているのがより良いがもし偏っているとしたら、増やせるものを付け足したり、自分独自の趣味やアクティビティを考えて次の表を完成させてほしい。リストは長ければ長いほどレパートリーが多いことになる。道具箱の中の道具が多いほど、ウェルビーングを自分でうまく保っていくヒントが増える。セリグマンの幸せに暮らすためのヒントについては第三条で詳しく述べる。

そして忘れてはならないのは、努力している自分を労って、褒めてあげるということだ。くよくよ思ってしまう自分を責めてはいけない。逆にそう思って落ち込んだり、悲しんでいる自分を、まるで親友をいたわるように「よく頑張ってるね」「誰でもこの状況にな

	正の感情	社会との関わり	いい人間関係	人生の意味	達成感
（例）	孫と遊ぶ	ボランティア	サークル活動	教会やお寺を訪ねる	1日30分あるく

ったらそんな風に思うはず」と肯定してあげてほしい。

大切なのは、今、あなたが生きているということ。人生を楽しむたくさんのことがまだ残っているということ。「心と身体が喜ぶアクティビティリスト」から、どんどん楽しめるものを増やして、新しい自分を発見していっていただきたい。

第二条　「縁起が悪い」は捨てる　Death does not go away

命の限界を見つめる

自分が回復しない病気や将来命を脅かす病気になったと判断されたとき、ショック、悲しみ、怒り、絶望、焦りなど、とてつもなく複雑な思いが重なって押し寄せる。悪い知らせを聞くまいと身体に心配なことがあっても、辛い症状があっても、検査にいくのを遅らせてしまう人もいるだろう。自分でなんとなくシリアスなものではないかと思っていても、それをきちんと調べることで確信に変わってしまうのは怖いという気持ちは誰にでもある。女性であれば、毎回乳がん検査を受ける度に、祈るような気持ちになるものだ。痛みなどの症状がないことが多いため、検査で発見されることが多いからだ。アメリカで年に1度の乳がん検診で通常であれば検査技師が、「では結果は手紙で通知します」といって終わるところ、その場で奥の部屋にいる医師を呼んできたことがあった。普段と違う様子に、一瞬血の気が引いて、最悪の結果を想像した。幸いそのときはたまたまリンパ腺がやや腫れているということで大事に至らなかったのだが、今や二人に一人ががんになる時代となり、ひとごとではなくなった。

「知らないことは幸いだ」と思う人もいるだろう。現実逃避のようにも感じるが、「知らない」ことで、確かにストレスが軽減するときがある。数年前旅行先で右足を思いっきりひねった。「いやな音がした」と思ったが、大家族で旅行中ということもあり、周りに心配させるのもはばかられ、その日の夜はとにかく足を冷やしたり、位置を高くして寝たりして、対処した。次の日それほど痛みもなかったので、予定通り旅行を継続し、帰宅した。日常生活にはほとんど支障はなかったのだが、ときどき駆けると痛みがあったため、怪我をしてから2週間たって、近くのクリニックを訪れた。剥離骨折だった。

「もう治りかけてますけどね」

と医者は苦笑いだった。そうだと知らず普通に歩き回ったり、ピラティスのレッスンにいったりしても気にならなかったのに、いざ「骨折」と診断された、途端に痛くなってきた。これまで気にもとめなかったことで、身体的な痛みすら気にならなかったのだから不思議だ。逆に医者に、

「痛かったでしょう。よく我慢しましたね」

と言われて、返事に困った。

もし旅行先で私の剥離骨折が発覚していたら、残りの時間をホテルのベッドで足をあげて安静にしていただろう。そして「なんであのときひねってしまったんだろう」「○○をしていなければよかった」と自分を責めては、旅行が中断してしまったのを悔んで過ごしていたに違いない。確かに知らないことで、心配することもなく旅行を続行することができたが、下手をすると無理をして悪化させていたかもしれない。

剥離骨折は放っておいても治ってしまうものだが、これが進行している病気となれば話は別だ。「悪いことは聞きたくない」と放っておいても、状態は確実に悪くなる。事実にいつ直面するかで、治療の選択や残りの人生のクオリティオブライフが大きく変わってし

まう。そしてそれが命を脅かす病気の場合、人生に別れを告げるという作業を左右する。事実を知らないということは、その時間を奪い去ってしまうということだ。ホスピスに入所する患者さんのご家族の中に「ホスピスケアを受けているということを本人に隠しておいてほしい」という方がたまにいる。自分の命が限られたものだと知って絶望させたくないという理由だ。患者さんには「知る」権利と「知らずにいる」権利がある。どちらを選んだとしても選ぶべきなのは本人で、医療従事者はその選択を尊重する義務がある。ただ私はそう選択した患者さんやご家族に出会うたび、一抹の悲しさを味わう。

死を語らない理由はいくつもある。「縁起が悪い」というのはその一つだ。日本では死に関する仏教の教えが、社会や文化の中に深く定着している。4（死）や9（苦）の数字を避け、夜に爪を切らないのは私だけではないだろう。そうやって考えてみると日本のしきたりや行事は、悪い縁起を避けるための教え、知恵、願いが込められている。

親が他界し、日本の文化から離れたところに長く住んでいても、小さい頃から培われてきた価値観は私の無意識の部分にしっかり刷り込まれている。アメリカ人の主人は花が好きで、よく買ってきてくれるのだが、ある日食卓用に白い菊の花を買ってきた。主人にとってはきれいな白い花。私にとっては「お供えのお花」だ。思わず唸ってしまった。せっかくの気持ちを無駄にするのも申し訳ないので、モヤモヤする気持ちを抑えて、心をオープンにして食卓に飾ってみた。考えてみればこれまで菊の花をこれほどじっくり眺めたことがなかった。すると本来の花の美しさに触れて、先入観がうすれていった。皇室の御紋になるくらいなので、高貴な花なのだ。外国人がその美しさで食卓を飾りたいと思ってもなんら不思議はない。

日本人にとって死を想像するのは「縁起が悪い」ことだ。命に関わる病気というのは、同様に扱われる。箱に詰めてクローゼットの奥にそっとしまっておいて、できればその存在すらも忘れてしまいたい、そんな気分にさせる。その事実は自分だけでなく、周りの人間を不快にさせてしまったり、悲しませてしまったりする恐れがあるため、見ない、聞かない、話さないが一番いい策のように思えるかもしれない。一時的な効果はあるかもしれないが、一度知ってしまった事実は頭から消すことはできず、逃げようとすればするほどその存在感は大きくなる。

私がホスピスで出会った患者さんたちは、皆その葛藤を経験してきた人たちだ。その中で私が今でも忘れられないのがフェリックスさんだ。最期まで迫りくる死を拒否し続けた。戦う術がなくなった後も、死と戦い続けた。自宅で闘病していたのだが、末期がんの疼痛が酷くがん治療の主治医からもらっていた薬ではすでに痛みを押さえ込むことができていなかった。ある日、フェリックスさんの様子にたえきれなくなった家族からホスピスに連絡が入った。通常通りまず入所担当の看護師が家に伺い、家族と患者の方と面会した。フェリックスさんの容体は芳しくなく、意識ははっきりしているもののすぐにでも入所が望まれたが、フェリックスさんはそれをかたくなに拒んだ。

その看護師からすぐに私のところに連絡が入り、支援要請があった。それは入所のいかんにかかわらず、フェリックスさんとご家族の壮絶な思いを傾聴するためであった。フェリックスさんの疼痛はうまく緩和されておらず、起きている間は痛みでうなされた。家族は壊れものを扱うように過ごしており、フェリックスさんの呻く声を小さい孫たちが聞いて過ごしていた。家族だけで世話をするには限界にきており、ホスピスケアを希望したが、家族とフェリックスさんとの間で思いがすれ違っていた。その後も何度か同じ看護師と私が訪問したがフェリックスさんの確固たる思いは変わらなかった。その間何度も緊急で病院に運ばれては、痛みを安定させて退院するということを繰り返した。

再び家族から連絡があったのは、病院のERからであった。看護師と私が駆けつけたときには、フェリックスさんは息も絶え絶えでベッドに横たわっていた。死はそこまで近づいていた。

以前私がフェリックスさんを自宅に訪れたときの彼の言葉が蘇った。痛みに耐えてでも生きるというのは、彼にとっては一日でも長く家族のために存在しているという意味があった。誰が何を言おうが、彼は最期までホスピスは死ぬところだと思って疑わなかった。そしてたとえ気絶しそうな痛みが彼の命を縮めていても、それに耐えることが生きているということを実感する唯一の方法だと、私に語った。患者さんが苦しむということを自ら選んだとき、ホスピスができることは何もなかった。フェリックスさんが家族のためにしていることでも、同時にそれが家族を苦しめていた。患者さんの価値観や選択を尊重し、支える役割にありながら、この患者さんが家族への愛情と呼んでいたのは、私には自分勝手な思い込みに映っていた。

人がもがき苦しむのを目の前で見ていながら、自分にはどうすることもできないという絶望と怒りをはじめてかみしめた。これまで立ち会った中で一番辛い別れだった。限られた命を、本当に家族のために過ごしたいのなら、苦しみの中、戦いぬくのではなく痛みを緩和し、愛する家族や孫たちを抱きしめ、楽しかった思い出を笑い合って、お互いが出会えてよかった、一緒に時間を過ごすことができて幸せだったと思える時間をもっと過ごして欲しかった。それは死を避けることではなくて、死を見つめることだ。フェリックスさんは最期の時間を、家族とではなく、病気と戦うことに費やした。

身体への変化

痛みもいろいろ

　ホスピスケアで一番大切なのは身体の痛みや息苦しさなど、肉体的な辛さを緩和することだ。身体に苦痛があると、生活に支障があるだけでなく、食欲や睡眠、気分などにも影響が出る。クオリティオブライフに直結していると言っても過言ではない。ホスピスのスタッフは痛みの管理のスペシャリストだ。けれどもそれが思ったより簡単でないのは、痛みは主観的であるからだ。人によって感じ方が異なる。中には痛みに繊細な人もいれば、痛みに強い人もいる。「どのくらいの痛みですか」と聞かれても、その痛みの感じや、強

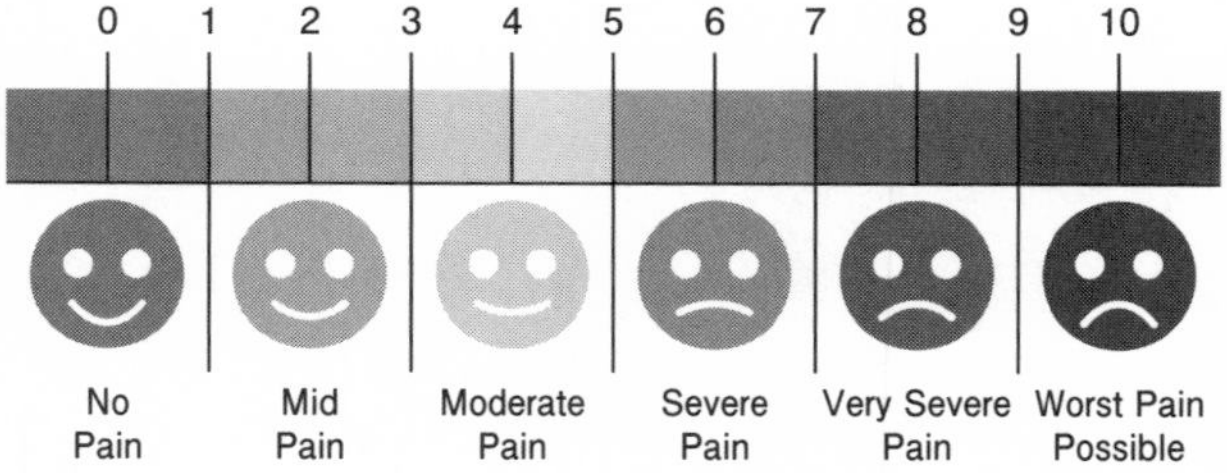

0 ～ 1：ほとんど痛みがないか、微かな痛み。

2 ～ 3：考えないと気付かないほどの痛み。やや気になる。

4 ～ 5：動くと痛みがあるし、気になる。

6 ～ 7：痛みが気になる。短い時間であれば、気をそらすこともできるが、動く度に痛みを我慢している状態。

8 ～ 9：痛みのせいで、動きを止めることがある、もしくはその活動ができないことがある。痛み以外のことが考えにくい。じっとしていても痛い。

10　　：耐えがたい痛み。のたうちまわるような痛み。

(Hospice Hawaii Patients and Family Resource Book 2018より)[6]

度を答えるのは意外と難しい。患者さんにできるだけ詳しく教えてもらうことができればできるほど、対処がしやすいので、医師や看護師は前ページのような絵やスケールを使いながら痛みのアセスメントを行っていた。どこが痛むのか。それはどれくらいの強さの痛みで、どんな痛みなのか（焼けたような、ズキズキ、刃物で刺されたような、チクチク、急にぐっと痛くなる、ずっと痛い、じんわり他）、何をすると痛くなって、何をするとマシになるのか、その痛みで生活にどのような支障があるのか、自分で緩和するのにやっていることはあるか、痛みに特別な意味があるのか（フェリックスさんの事例参照）など丁寧に聞き取っていく。

痛みの緩和・管理で患者さんに何度もお願いするのは、10のレベルまで我慢しないということだ。フェリックスさんの例にもあるように、痛みの薬に対して先入観や恐怖感をお持ちの方も多いかもしれない。うまく薬を使えば、痛みを抑えながら、生活の中で楽しめることを継続していくことができる。薬やその副作用に対しての不安はよくある悩みだ。自分の中だけに留めておくのではなく、医療従事者に気軽に打ちあけてみていただきたい。考えるより薬は発達していて、種類も豊富だ。

痛みとうまく付き合う相談にのるのもホスピスチームの役割だ。痛みを正しく理解し、医療従事者と密にコミュニケーションをとり、変わりゆく症状にあった薬をうまく使っていくことで痛みが緩和されクオリティオブライフが大きく向上する。

食欲の変化：食べたくないときは無理しない

身体が衰えてくると、機能も衰えてくる。食欲がその例だ。まだ仕事をしていたり、日常生活を普段のように過ごせている人には当てはまらないかもしれないが、終末期にある人であれば休んでいたり、寝ている時間が増えると、カロリーもそれほど消費しないため、食べ物を消化する機能も衰えてくる。すると食欲が減る。これは自然なことだ。ホスピスでは食べたいと思うものは口にして、食べたくないときは無理して食べないようにお話をしていた。

ステーキが食べたいという患者さんがいた。身体は欲していないのだが、目や口で欲しくなる。その方には肉を口に含んで、噛んで味わってもらい、飲み込まずに吐き出してもらうようにした。体調や状態によって、食べ物を小さく刻んだり、消化しやすいようにしたり、とろみをつけたりという工夫が必要になる。私たちはおいしいものを口にすることで、身体も心も満たされる。匂い、見た目、味、口に含んだ感触で味わう。

健康であると、「食べないと体力がつかない」とか「元気が出ない」とついつい考えがちだが、これは終末期の患者さんには当てはまらない。通常食べることでそれが栄養となり、身体の成長や修復につながるが、無理に食べることが逆に身体に危害を及ぼすこともある。私たちの生活の中で「食べる」というのは色々な意味を持っている。身体を機能させるために食べることに加えて、ストレス解消のために食べたり、人間関係を楽しんだり、コミュニケーションを円滑にするために食べることもある。一番心と身体に良いのは、自分の身体と相談して決めることだ。

介護者は「食べないと餓死する」という恐怖感から無理に患者さんにものを食べさせようとすることがある。それは愛情や心配の表れだ。私がボランティアとして週に一度施設に訪ねていた患者さんは、腎臓がん末期でほとんど食欲がない人だった。それでも家族が見舞いに来るたびに食べ物や甘いものを持ってくる。見舞う方は、少しでも好きなものを食べてもらおう、元気をつけてもらおうと患者さんの好きだったものを持ってくるのだが、それがそのまま放置されていることが多かった。私が訪ねていくたびに、それらを持って帰ってほしいと懇願された。たまにやってくる訪問客は、患者さんの状態や変化がよくわからないので、喜びそうなものを持っていくのが常だ。お寿司や、チョコレート、洋菓子、キャンディーなどで置き場に困るほどであった。

ご家族のお気持ちも痛いほどわかる。けれども、食べられなくなったものや、食べたくないものをもらって無駄にするのも申し訳ないと思う患者さんの気持ちも辛い。当時はボランティアでお話相手のつもりで訪ねていたのでどこまで踏みこんでいいのかわからず、あえてご家族にお話をすることはなかった。しかし担当のスタッフには気づいたことを報告していたと記憶している。

患者さんの食欲がなくなるというのは、身体の自然な反応だ。身体がこの世から旅立つ準備をしているのだ。それに反して受け付けることができる以上の食べ物や飲み物を無理やり摂取すると、身体がむくんだり、消化に問題が出てきたり（下痢や便秘）、誤嚥につながったりする。どちらにしても患者さんにしてみれば大きな身体的な負担となる。家族にしてみれば、良かれと思ってやっていることでも、実は逆に患者さんの身体に負担をかけていることになる。食べたいと思うものを食べたいときに食べたい分量だけ、口にするというのが、身体と心に優しい食事の形だ。

かくいう私も、ホスピスに勤める前、母が日本の緩和ケア病棟にお世話になっていたとき、大好きだったブリの煮付けをしつこいぐらい毎度持っていったのを思い出す。その度に喜んでくれていたが、今から考えるとおそらくそれは私への気遣いだったのではないかと思う。ブリは病棟の冷蔵庫に眠っていたに違いない。

見舞いに行く方は、代わってあげることができない分、少しでも元気な、喜ぶ顔が見たいと思うものだ。そし一緒に何かを口にするという行為は、食べる喜びを一緒に味わっている連帯感がある、それができなくなって食べさせてあげるという立場になっても、食事は、介護者が何かをしてあげることができると思える行為だ。それができなくなるというのは、精神的に受け入れ難い。介護者への支援が、直接患者さんへの支援につながることなので、少し時間をかけて、終末期の方の身体の変化についてお話をしたり、その複雑な思いに耳を傾けるようにしていた。

最後に残る聴覚

終末期には様々な身体的な変化が見られる。体重、体温、血圧、血色、息づかい、認知力、視力、聴力、嗅覚、味覚、触覚など、それらはどれも自然の摂理に従って身体が衰えていく中で見られるサインだ。その中で最後の48時間に残るのは聴覚と触覚と言われている。[7] 私たちの中では会話は両側通行で成り立つという常識があるので、寝たきりで反応のない人はもうコミュニケーションを取ろうとしても無駄だと思ってしまうところがある。反応はないかもしれないが、あちらは聞こえているとしたらどうだろう。手を握ったらその温かさが伝わっているとしたらどうだろう。ホスピスではご家族に最後まで手を握ってあげたり、身体をさすってあげたり、優しく話しかけてあげるようにお願いしていた。

アンソニー・バック医師は、医療現場でのコミュニケーションを向上させるための教育や研究に尽力されている緩和ケア医だ。同じ志を持つ仲間とバイタルトーク[8]という組織を立ち上げ、様々なツールをウェブ上で公開している。その一つに電話でお別れをいうためのスクリプトがある。これは、集中治療室や、ＥＲで臨終を迎える患者さんに会いにいけないご家族が、医療従事者の誘導で電話でお別れをいう機会をつくるものだ。離れている家族は病院から死が近いという連絡を受けて、動揺し、返事ができなくなった患者さんに電話でなんと声をかけてあげたらいいのかわからない人がほとんどであろう。たとえ返事はできない状態であっても、家族の声は聞こえている。

このスクリプトは脚本のようになっている。緩和医療やホスピスケアのようにお別れに立ち会ったことのない医療従事者であっても、スクリプトを参考にしながら、家族のお別れに寄り添うことが可能となる。

令和2年春、新型コロナウイルスが世界中を駆け巡った。重篤となった患者さんが家族との面会も許されず孤独の中亡くなっていく中、私はいたたまれない思いの中にいた。これまでホスピス医療に携わって、多くのお別れにかかわったが、これほど残酷で、壮絶な別れがあっただろうか。そんな中巡り会ったのが、バイタルトークの「電話でお別れをいうスクリプト」だった。英語で書かれているため、まずは日本語にすることから始めてみた。そこには5つの声かけの言葉が書かれてあるのだが、日本語にしてみると文化の違いに突き当たった。ただ直訳をしても日本ではその声かけの言葉はかなり違和感があったため、日本の文化に沿った声かけに、入れ替えた。それが「これまでありがとう」「大変だったね。よく頑張ったね」「お疲れ様」「もう頑張らなくてもいいよ」「大好きだよ」だ。

これらを参考にしてご自身の言葉を考えるきっかけになれば嬉しい。本書ではスクリプト全体を記述することは控えるが、ご興味のある医療従事者の方は私のホームページ[9]かバイタルトークの日本版[10]をご参照いただきたい。

認知の変化：あなたがあなたでなくなっても

身体が衰えると、認知にもその影響が出る。アルツハイマーなどの認知症がない方であっても、重い精神疾患がある人、大きな身体機能の低下がある人、慢性の進行性の病気や末期の方などは、混乱したり、物忘れがひどくなったり、外界の世界に興味を示さなくなったりする。家族にしてみればそれは「変な」状態であり、頭がおかしくなってしまったのではないかと心配するあまり、まるでその人のせいであるように責めてしまったり、なんとか正しい答えを教えようとしてしまうものだ。私もそんな一人だった。母はがんになって、後半物忘れが激しくなり、幸か不幸か、自分ががんであるのを忘れてしまうほどであった。

母：なんでかわからんけど、背中が痛いねん。なんでやろ〜。
私：肺がんが背中に転移してるからやん。
母：そうか〜。（といいながら理解していない様子）

こういう会話はおそらく物忘れの激しくなった患者さんと介護者の間には毎日のように交わされているだろう。家族にしてみれば、どうして覚えていないのか、わからないのかが理解できず、苛立ちも感じるものだ。その当時は、娘として何気ない、日常の中の会話に過ぎなかった。あのときに今の理解と経験があれば、こんな会話になっていただろう。

母：なんでかわからんけど、背中が痛いねん。なんでやろ〜。
私：病気のせいちゃうか？ 痛いの困るから、お薬飲んで、ましになるか様子みよ。それでも痛かったら先生に相談してみよ。

覚えていないことに苛立つよりも、痛みをなんとかしてあげることをしただろう。痛いのを我慢するのではなく、こうして痛いときに教えてもらえるように、お願いも込めておく。痛みがうまく緩和されていれば、どうして痛いのか悩まなくても良いわけで、事実をくり返し伝えてもそれは痛みをとってくれるものではない。

その人の、認知能力によって本当に原因を知ることが大切なこともある。母の場合は、伝えてもまた忘れて、聞き直すということが多かったので、がんが背中に転移しているという事実よりも病気のために痛みがあるという程度に留めておいただろう。「事実」が本当に大切なときとそれほど大切でないときを見極めることも大切だ。

母は物忘れが激しくなってくる中、自分でも自覚があったようで、

「家族の名前を忘れてしまったらどうしよう」

と悲しげにしていたことがあった。その姿が痛々しくて、悲しくて涙が溢れそうになるのを隠すために、目を逸らせながら、

「じゃそのときは私が思い出させてあげるよ」

と答えるのが精一杯だった。ご家族が患者さんに、「どうしてわからないの!」とフラストレーションと非難が混じった言葉をあびせているのを耳にすると、心が痛くなる。忘れている人や混乱している人にしてみれば、わからないものはわからないのだ。それは病

気によるもので、わざとしているわけではない。その人のせいでもない。言葉が思い出せなかったり、馴染みのあるものや、人の顔や名前を忘れてしまったり、記憶が薄れていくというのは自分の世界がどんどん狭くなっていくようで、どれだけ怖いものかと思う。さらに被害妄想などが出てくると、人が自分に危害を加えると思い込んだり、誰かが自分のものを盗もうとしていると感じたり、心が休まることがない。

そういうときは事実を正すよりも、その人を安心させてあげられるような声かけをするほうが良い。被害妄想で怖い思いをしているときは「そんなことはないわよ」「気のせいよ」と健康な人の感覚で、正してあげようとしても、患者さんはその現実にいないので、あまり役に立たない。逆に「理解されていない」と心の孤立を促してしまうかもしれない。それよりは、「そうなんだ。それは大変だったね」と話を合わしておくと、理解者がいることで安心につながる。もちろん妄想や幻覚からの恐怖が大きなストレスになっているようであれば、医療従事者に相談をして対処を仰ぐのが薦められるが、そうでなければ事実よりも、気持ちを理解してあげる声かけや行動が気持ちを和らげるための一番の薬となる。

アルツハイマー病末期のグレースさんは家で旦那さんに介護されて過ごしていた。そのうち旦那さんに、家にいながら「うちに連れて帰ってほしい」とせがむようになっていった。いくら、「ここが家だ」と言っても理解ができず、逃げ出そうとしたり、外に出て助けを求めて叫んだりするようになった。そこで旦那さんは違う作戦にでた。グレースさんが「うちに帰りたい」と言ったときは、「そうしよう」とドライブに出かけて、近所をぐるっと一周して戻る。そうすると一時的に納得して安心したという。患者さんが自分を夫だと忘れてしまっても、嫌な言葉を浴びせても、旦那さんは決して苛立ったり、腹を立てることはなかったという。介護の中で、事実はもう意味を持たなくなり、旦那さんが知るグレースさんではなくなっても二人は深い愛情で結ばれていた。

心が折れてしまいそうな中でも旦那さんはユーモアを忘れない人で、グレースさんの物忘れが酷くなってからのエピソードを笑いながら話してくれたことがある。ティーンのお孫さんが二人遊びに来ているとき、グレースさんは、

「冷蔵庫にあなたたちの好きなバニラアイスがあるから食べなさい」

といつもの優しいおばあさんだったのが、孫たちが目の前でアイスを食べ始めた途端、

「あんたたち、なんで私のバニラアイス食べてんのよ！」

とすごい剣幕で怒り出したという。グレースさんの逆鱗に触れたお孫さんたちの慌てよ

うと、グレースさんの怒りようをおもしろおかしく話す旦那さんに、耳を傾けながら、このご家庭にはゆったりしたいいエネルギーが流れているのを感じていた。この介護者のストレスは患者さんにも伝わるものだ、患者さんに辛く当たる人もいる。しかし旦那さんのように全てを受け入れて、ユーモアも交えて大きく構えることができると、患者さんの世界にも穏やかな空気が流れる。大変なことも多かったと思う。自分だったらこんな介護者にはなれないと正直思う。旦那さんの愛情のこもった介護のエピソードから、お二人の深い愛情の歴史がうかがわれた。

周りのものへの興味が薄れていく

ハリオットさんは元気な頃は夜中まで営業しているレストランのウエイトレスだった。人が好きで、お客さんとのやりとりを楽しんだり、同僚と出かけたり独身生活を謳歌していた。80代で病気が見つかってからは、親戚の家に世話になるようになった。歩くことが不自由になって、ベッドで時間を過ごすことが増えたが、退屈しないように、テレビを見たり、好きな音楽を聞いたり、親戚の家族と話したり、電話やタブレットで友達と話したり、できることを楽しんでいる様子だった。けれども状態が悪くなって、あれほどテレビを見るのが好きだったのに、目が覚めていてもテレビを見なくなった。何を勧めても興味を示さなくなり、親戚の人たちは心配した。死を生きるプロセスの中では、人は外界のことやものに興味がなくなっていくのは自然なことだ。一つ一つ外界との関わりを手放していきながら、自分の内の静かな世界に戻っていく。

自分の中の静かな世界に身を浸したことがある。ニューヨーク在住中10日間のサイレントメディテーションに参加したときだ。参加者はペンシルベニア州の田舎にあるメディテーションセンターに10日泊まり込む。そこでは有機野菜中心の食事が一日1食出され、後の2食はフルーツか飲み物のみだ。一日のほとんどの時間はメディテーションに費やされる。一人で施設内を歩いたりして過ごすことも許されたが、人と話すことが禁じられており、10日間のうち、喋っていいのはチェックインとチェックアウトのときだけだった。以前参加したことのある友人からその模様を聞いていたのだが、人間それほど食事もせずそんな長い間瞑想していられるものなのか興味津々だった。心と身体を静かにして過ごす10日間中、不思議と空腹感も気にならなければ、テレビや携帯がなくても退屈しなかった。静けさの中、心と身体と頭がどんどん研ぎ澄まされて、最後にはこれほど気持ちがいいと感じたことがないほどだった。一番辛かったのは、帰路のニューヨークの地下鉄だった。慌ただしい人の流れや休みのない動き、街の音、空気までもが五感にうるさく、刺激が強すぎて、なんとも言えない辛さだった。

よく似た経験をしたのはハワイで大きな手術をしたときだ、身体が弱くなっているとき、人の持つエネルギーの刺激が強すぎて、できるだけ見舞いを断った。そのとき初めて病院で面会を制限する意味がわかった気がした。すべてのレベルで安静が必要なときというのは、自分の身体の外の世界の喧騒や人のエネルギー、刺激から守られて、内なる世界で過ごすことなのだ。終末期にはそうやって内なる静かな場所で過ごす時間が多くなるということなのだと思う。

心への変化

残していくものへの思い

終末期における心の葛藤は大きく三つに分けられる。一つ目は社会的なもの、二つ目は精神的なもの、三つ目は魂に関するものだ。欧米のホスピスではそれぞれに専門知識を持ったスタッフが支援に関わる。心のケアというものが肉体のケア同様にどれほど重視されているかがわかる。日本は心のケアに関しては、心理療法が発達している他の先進諸国からかなり遅れをとっているのが現状だ。

近年鬱などの気分障害や、神経症・ストレス関連の精神障害が増え（平成29年：厚生労働省調査）、医療機関を訪れる人が増えてはいるものの、専門家に気軽に相談することにまだ抵抗がある人が多い。それは心の葛藤や悩みを他人に吐露するということに慣れていない文化背景が反映されていると考える。家族が密接に生活していた時代は、他人の助けを借りなくとも家族やコミュニティの中でそうした支援があったのだろう。また辛いことがあっても「仕方がない」と我慢をして、自分の力で乗り越えるということが美徳のように思われているところがある。しかし時代が変わり、家族の形が変わり、人が孤立するようになった。米国では通常病院や施設では、精神科医と、心理療法を専門に行うサイコロジストがそれぞれ役割分担をして心の治療に関わっている。日本の緩和ケア・ホスピスケアにおいて多くの施設ではその役割を医師や看護師が担っている。病院や施設によっては、患者支援センターや相談窓口などを設けてある所もあるが、わざわざ予約をして、自分を知らない医療従事者に話を聞いてもらうことになるようでは「そこまでしなくても…」とあきらめてしまう人もいるだろう。在宅で専門スタッフを含めたチームが頻繁に顔を出し、様子を見守るアプローチに慣れている私には、日本での心の支援はまだ患者中心ではないと感じられてならない。

平成29年の厚生労働省の意識調査[11)]では終末期において大切なことのトップ3は、1位が「家族の負担にならないこと」がダントツで、続いて「身体や心の苦痛なく過ごせること」と「経済的な負担が少ないこと」が僅差で2位と3位だった。日本人にとって老いは家族に迷惑をかけることだという強い意識がうかがわれる。肺がんを患った母の口癖は「人に下の世話をしてもらうようになったら、終わり」だった。これまで健康が自慢の母で、熱を出しても決して寝込むことをしなかったほど、気丈な女性だった。人の世話になるとか、負担になるということが何より嫌だったのだろう。母のようにある程度衰えていく道のりが予測される病気であっても、突然倒れて予後の予測がつきにくい病気であっても、心には様々な不安や葛藤があるものだ。

心の専門スタッフが関わる場合、まず心のストレスがどれほど日々を生きる支障になっているかを傾聴する。身体的な痛みがうまく緩和されているのに、心のストレスや葛藤があるために、まだできる社会生活や、今まで楽しんでいたことなどができなくなっているのは赤信号だ。

例えば、これまでは家族や親しい友人と出かけたり、食事を楽しんだりしていたのに、「どうせ自分は長くはない」と自暴自棄になって家に籠りがちになったり、これまでの趣味に興味が無くなったりするのは、クオリティオブライフに大きく影響する。身体の衰えを目に見えて実感すると心の状態も日に日に変わる。

ある患者さんで自分が眠ったらそのまま死んでしまうのではないかという恐怖で、睡眠が妨げられている人がいた。ホスピスの患者さんは、身体を動かしたり、出かけたりして気晴らしができないことが多いので、心の専門スタッフが関わり、不安や葛藤の後ろにある心配事に耳を傾ける。人に話しても仕方がないと思っている人であっても、安心できる人に話をしてみるとそれが解決につながったり、解決につながらなくても、気持ちが軽くなって症状が改善することが多くある。死んでしまうという恐怖は、よく話を聞いていくと様々な葛藤が絡み合っている。息ができなくなって苦しんで死ぬのではないかという恐怖や不安、まだ死にたくないという思い、お別れができていないという不安や、あちらの世界への不安などである。こうした思いを一人で抱え込んでいることが「眠れない」原因になっている。睡眠薬が処方される場合もあるが、薬は症状の緩和につながっても、その奥にある葛藤や心の苦痛を取り除くことはむずかしい。

魂の関係の変化

命を考える上で、魂の話は無視できない。若いときや健康なときはそれほど考えてこなかったかもしれないが、大切な人と死別した経験のある人であれば、あちらに旅立った人との魂の関係について思いを馳せたことがあるのではないだろうか。この世での時間があまり残されていないとなったとき、多くの人が魂に関する問いかけを持つ。その領域での支援をスピリチュアルケアと呼ぶ。そこで活躍するのがチャプレンだ。スピリチュアルと聞くとニューエージ的な、宗教的なニュアンスが感じられ、誤解を招きやすいために敬遠する人も少なくない。私は日本人は皆スピリチュアルだと思っている。ここでは宗教を信仰している人も、無宗教だが、見えない大きな力を信じている人も、先祖供養を大切にしたり、自然の生命を拝んでいる人も含まれる。パワースポットに足繁く通う人もそうだ。

物質の世界に生きている私たちは、その象徴ともいえる自分の身体が究極な状態にあるとき、身体を超えた霊的な世界や魂の存在に思いを馳せる。そして自分の人生を振り返り、その意味や意義を問うてみたり、自分の身体が滅びた後の魂の世界に興味を持ったりする。興味を持つと同時に、未知の世界は不安や恐怖を煽る。

私の母は肺がんだと診断されて「バチが当たった」と呟くようになった。当時は娘としてなんと声をかけてあげたらいいのかわからず、ただ悲しかったのを覚えている。自分の悪い行いのせいで病気になったと信じていた母に、いくら私が「病気のせいだ」と言葉で慰めようとしたところで、説得力はなかっただろう。そしてこの世の行いによって、あちらの世界やそこでの存在が大きく左右されると信じていれば、大きな葛藤や、不安、恐怖感にもつながる。アメリカは70%がクリスチャンの国で、チャプレンはクリスチャンがほとんどだが、宗教以外の事柄でも、気軽に話ができる相手だ。ハワイのホスピスではカトリックのシスター、クリスチャンのチャプレン、などがスピリチュアルケアに関わっていた。

不思議な変化：研ぎ澄まされる第六感

これだけ医療が発達した世の中になっても、科学や理論では証明できないことがたくさんある。死が近くなり見えないものが見えたり、聞こえないものが聞こえたり、あちらの人がお迎えに来たり、あちらに一度行って、また戻ってくる人もいる。ホスピスでは患者さんやご家族から数えきれないほどのエピソードを聞いた。

五十代後半のイリカイさんは重度の統合失調症と複数の身体疾患を持っていた。うちではお姉さん家族と、たくさんのペットに囲まれて過ごす毎日だった。症状が悪化し、寝たきりになったある日、お姉さんがいつものようにベッドサイドに腰掛けた。彼は窓の方を向いたままで、

「今日はその黄色のTシャツ似合っているね」

と言ったという。お姉さんは腰が抜けるほど驚いた。黄色いTシャツを着ていたからだ。というのも彼は後年それほどはっきりものを言うこともなかったし、何より失明に近い視力だった。さらに身体は硬直して一方向にむいたままで身体の向きを一人で変えることはできなくなっていた。彼にどうしてお姉さんの姿が見えたのかはわからない。心の目、魂

の目で見ていたとしか言いようがない。さらに統合失調症で、表情の起伏もなくなっていた彼だったが、臨終時には子供のように純粋で穏やかな笑みを浮かべていたという。お姉さんが弟の笑顔を見たのは二十代に発症して以来だった。

高齢のジェシカさんは十代の頃に両親を交通事故で亡くしていた。夜になるとどちらかがやってきてベッドの近くに佇むようになったという。夢の中では何度も会ってはいたが、はっきりと意識があるときにも二人の姿が見えるようになったのはそれがはじめてであった。ご両親との会話はなく、ただ穏やかな表情で見つめていたという。ジェシカさんは私が訪ねるのをいつも心待ちにしてくれていて、もしも寝ていたら起こしてくれと頼まれていたほどだった。彼女は自分が死ぬときには二人が迎えにきてくれるということを確信していた。そして、あちらで両親にまた会えることが楽しみで仕方がないと話していた。

こうした現象は医学的には幻覚や妄想などと呼ぶものかもしれない。身体の化学反応がそうした錯覚を生むのだという方もいるだろう。しかし私には物質の世界から旅立とうとしている人が、お別れを準備をする中で、体験される神秘だと信じている。それが恐怖を与えるようであれば、薬剤などによる介入も考慮すべきだが、そうでなければ、ほとんどの場合心に安らぎを与える体験だ。愛する人や大切な人が迎えにきてくれると感じるのは、孤独感や恐怖感が和らぎ、あちらの世界が幸せや喜びに満ちた場所になる。ジェシカさんは若くして離れ離れになったご両親と再び再会できることを楽しみにしていた。その話をされるとき、小さないたずら好きの子供のような澄んだ表情をしていた。

ホスピスで心のケアに関わって、痛感していることがある。お別れには、肉体との別れ、生きてきた証・歴史との別れ、そして愛する家族や友人とのお別れがあるということだ。そして残された時間の中で、それらを一つ一つ手放していく。お別れの作業は神秘とキセキで満ちている。それは医学では証明することもできなければ、これをすれば安らかに死ねるというマニュアルもない。

そしてそれは命の限界を見つめるというところから始まる。

第三条　自分勝手になってみる　What you want matters

「迷惑がかかる」「申し訳ない」の転換

私たち日本人は小さい頃から「らしく」あることを教えられる。「子供は子供らしく」「大人は大人らしく」「女性は女性らしく」「男性は男性らしく」「お年寄りはお年寄りらしく」と年相応の振る舞い方や行動の規範となるようなものが日本人の意識の中に確固としてある。そこから逸脱した人間は「○○らしくない人」であり、「分別のない人」「常識にかける人」「場が読めない人」として疎まれる。

20代で渡米した私は、日本の価値観や常識が通じない外国の地で、自分の中に深く根付くこの暗黙のルールが日本人特有のものだと気づかされることになった。日本の文化の中で暮らしているときは、それを自然と身につけて、足並みを合わせていれば、疑問を抱くことすらなかったのだが一歩その蚊帳の外にでてみたら、そこには全く違う価値観や常識が存在していた。個人主義のアメリカでは、個性を型に押し込めてしまうような「らしく」という考えは意味を持たない。性別や歳など関係ない。自分に能力がある人が、認められる国だ。

「能ある鷹は爪を隠す」はアメリカでは全くの逆効果だった。能があるならはっきり自己表現して他に認めてもらう。そうでなければ、誰も気に留めてもくれないばかりか、貢献するものがない人というレッテルを貼られてしまうこともある。

そして私は日本人的に「らしく振る舞うとき」とアメリカ式に「らしからぬとき」を使い分けながら、30年のアメリカ生活で、二つの文化の折り合いをつけてきた。これは言語の習得より苦労した。そんなことを学ぶための教科書はないし、痛い思いをしながら自分で経験を重ねていくしかなかった。

そういう文化の中で生きてきたアメリカのお年寄りは、自立精神が豊かで、知的にも、身体的にも社会的にも活発な人が多い。

ハワイでは高齢者施設やシニア団体から講演を頼まれることがよくあった。幾つになっても学習意欲が旺盛で、健康管理にも気を使い、人とつながることで社会生活を豊かに保っている。自分の老いを否定することなく、むしろ自分の健康状態や、生活環境にあったライフスタイルを自分で作っていくという態度がうかがわれた。

私の義母はハワイ生まれの日系3世だ。英語環境で育っており日本語を話さない。日本文化がルーツだが、外見は日本人、中身はアメリカ人という人だ。いまだに見かけにとらわれて、日本生まれの、日本人の姑といるように接してしまう。自動的に反応してしまうのだ。

しかしそれは彼女の前では何の意味もなさない。彼女は「高齢の姑」という存在である前に「一人の女性」であり、歳を重ねた一人のアメリカ人女性なのだ。彼女に「お年寄りらしさ」や「姑らしさ」を求めたり、彼女に対して「らしく」振る舞ったりする意味がないのだ。

すでに夫に先立たれている義母は、アメリカのサービス付き高齢者住宅でひとりで暮らしている。御歳90歳で、はつらつとしている。施設内のストレッチクラスをとったり、施設のシャトルバスで他の住居者と買い物に出かけたり、近くに住む娘家族と食事をしたり、娘のビジネスのお手伝いで針仕事などもこなす。毎日、新聞を隅から隅まで読むので世界事情や政治にも精通していて話題が豊富だ。子供たちはこれまで苦労して育ててくれた母親に対して、愛情を持って金銭的な支援を惜しまないばかりでなく、誰もが同居を願っている。けれどもあくまで自立した生活を望む義母は自分の意思で、サービス付きで、介護や看取りもしてくれる居住の選択をし、自分が望むシニアライフを謳歌している。日本であれば「負担になるのが申し訳ない」と、子供たちの都合に合わせた選択を余儀なくさせられたり、「年寄りらしく」過ごすシニアが多いのだろうが、義母にはそういった罪悪感も「らしさ」も見られない。夫を亡くした後も、自分の望む人生を悠々自適に送っている義母を見ていると、すでに他界した母の面影を重ねてしまう。

母は家庭に入ってからは、専業主婦となり、最後まで家族のために人生を費やした。子供が巣立ってから唯一わがままを通したのは、スイミング教室に通い出したことだ。父は定年退職してからは、母が出かけることを好まず、いい顔をしなかったが、「健康のため」と押し切り父を納得させた。食事は毎回きちんと用意し、父の都合に合わせての気晴らしだった。もともと社交的で、自称「モガ」だった母は、結婚を期に、全く違った人生を歩んだ。アメリカナイズされた私には、母の選択は子供としてはありがたく、一人の女性としては少し残念に感じるものであった。

日本では、成人のライフスタイルが多様化してきている。社会の枠に囚われず、自分らしい生き方を模索し、自分らしい仕事や生活環境を求める人が増えた。それは社会が作り上げた「らしさ」や「そうであるべき」ものから脱却し、自分の人生を自分の意思や選択により豊かに生きたいと思う人が増えてきた証拠なのだろう。自分の人生を自分らしく謳歌しようという考え方は、医療の進歩によって寿命が伸びたシニアにも是非持っていただきたい心がまえだ。今や60代が昔の40代と言われるほど、シニアも活発に過ごす時代だ。高齢者が「社会のお荷物」「老いて死ぬのを待つだけ」といったネガティブなイメージや先入観は、アクティブなシニアが増えることで変わっていくだろう。

高齢者がどれだけ社会に貢献しているか数字で表したアメリカの論文がある[12)]。米国では65歳以上の人で、病気の家族の世話をしている人が約九百万人、孫の面倒を見ている人が三百万人いる。それを経済効果に換算すると、1年で数億ドルになるそうだ。更に、アメリカはボランティア大国で、定年退職した後にボランティア活動に参加する人が多いのだが、2016年の調べでは、25パーセントのお年寄りがなんらかのボランティア活動に従事しており、経済効果は77億ドルにも及ぶという。お年寄りが国の人材資源として認知され始めているのだ。日本の高齢者はこれまで、家族を支え社会のために生きる人生であったかもしれない。これからは「自分」にも与える時間を大切にして欲しい。ではどこから始めればいいのだろうか。

ハワイの高齢者施設で「人生を生き生きと過ごす秘訣」についてお話ししたことがあった。終末医療に従事する私が「生きる」ことをテーマに講演をするのが不思議な方がいらっしゃるかもしれない。ホスピスの患者さんの中で、「こうしておけばよかった」「こんな人生の選択をしておけばよかった」と辛そうに後悔の言葉を口にする人がいた。その一方で、「いい人生だった」と顔をほころばせる人は、自分が生きてきた意味や証に満足をして、平安に満たされているように見えた。その違いはどう人生を生きてきたかだ。

第一条でご紹介したポジティブ心理学を牽引している心理学者のマーティン・セリグマンは人が幸せに過ごす5つのヒントをこう述べている。具体的にみていこう。

1) いい気分をもっと味わおう
2) 家からでかけよう
3) 人とのつながりを持とう
4) 人の役に立とう
5) 頑張った！　を味わおう

人が幸せに過ごす5つのヒント

五感でいい気持ちを味わう

あなたはどんなときに満足感、感動、感銘、希望、喜び、感謝、愛情などを感じるだろうか。孫と遊んでいるとき、素晴らしい映画や音楽、芸術に触れたとき、美味しいものを味わったとき、綺麗な景色を鑑賞したとき、澄んだ空気を胸いっぱいに吸い込んだとき、誰かに優しくしてもらったとき、誰かに優しくしたときなど人によって様々だ。

私の母にとってはそれは原付で出かけるときだった。どんなに寒い日でも、皮のジャンパーを着て意気揚々と買い物やスイミングのレッスンに出かけた。専業主婦の母のストレス発散でもあり、目で移りゆく景色を楽しんで、街の音を聞きながら、肌で季節を感じていたのだろう。肺がんの治療が始まってからは、原付禁止となりずいぶんガッカリしていたのを覚えている。

健康が損なわれると、体調も毎日変われば、気分も左右される。しかしそのような日常の中でも五感で人生を楽しむことはできる。大切なのは柔軟性と考え方の転換だ。原付に乗らずとも、歩いて景色を楽しむことはできる。テレビやインターネットで、バーチャルの世界で旅行に行くことすらできる。窓を開けて換気をすれば、小鳥のさえずりや、街の音も聞こえるだろう。そよぐ風から季節を感じることができる。シンプルなことでは、食事のときに少し気を留めることで、その経験が豊かなものになる。身体を満たすためだけに無意識に食べるのではなくて、色や形を味わい、香りや舌触りを楽しむ。視覚、味覚、嗅覚、触覚が刺激され美味しさは倍増する。

日本に帰国して何より私が至福を感じているのは、旬な野菜や果物の美味しさだ。アメリカでは野菜や果物がいろいろなところからやってくる。どこからも遠いハワイでは、野菜や果物が生産地からまだ青いうちから出荷されるため、ハワイにやってきた頃には新鮮さが失われていることが多かった。イチゴなどは、頭の方がまだ青いか、熟しすぎてあっという間に傷んでしまうかで、美味しく新鮮な期間が短い。日本では新鮮な野菜や果物の香りや本来もつ味に感動が絶えない。イチゴは見た目に色鮮やかで、新鮮さがはち切れている。なんといってもそのアロマはパッケージの隙間からも漂ってきて、甘さも濃厚だ。ヨーグルトをかけたり、ジュースにしたりするのがもったいなく感じる。

私は日本のお風呂にも感動を再体験している。アメリカでは湯船よりもシャワーが主流だ。肩がどうしようもなく凝っていたり、身体のあちこちが疲れているのを感じるとき、

「あ～お風呂があれば」

と呟いたものだ。お風呂に身体を沈めた途端一日の疲れが溶けていく至福感を日本人ならば誰もが体験している。

患者のケビンさんは、ジャズマニアで、家にはたくさんCDが置いてあった。会いにいくと一緒に聴くCDを選ぶという大役を仰せつかった。ジャズに詳しくなかった私はビリー・ホリデーやビル・エバンズなど知っている名前を必死に探したものだ。ケビンさんはそのアーティストや曲についての造詣が深く、うれしそうに解説をしてくれた。このプラ

イベートCD音楽会は私にとって大変贅沢な時間だった。ケビンさんは誰かにジャズの魅力を伝えるということを楽しんでいるようだった。寝たきりの方だったが、ジャズを聞いているときは、目を閉じ、少し微笑みながら、身体で音楽に酔いしれているように見えた。音楽は時を超えて、きっと彼を特別な場所に連れて行っていたのだろう。

病気のときというのは感覚が繊細になるので、これまで五感に気持ち良いと思っていたものがそうでなくなることがある。身体も感覚も変化していく。今までいい香りだと思っていたものの匂いが鼻についたりするかもしれない。香りのあるお花はお見舞いには相応しくないというのはその理由だろう。医療従事者は同じ理由で香水をつけない。好きだったものが、あまりほしくなくなったりするかもしれない。お肉が大好きだったのに、あっさりした魚や酢の物の方が美味しく感じる人もいるだろう。

私がハワイで入院していたときは、病院食のメニューが病室に備え付けられていた。患者は朝食・昼食・夕食を選んで毎朝6時半までに食堂に部屋の電話からオーダーを入れる。ハワイという土地柄か朝食にフルーツやヨーグルトの他に日本のお粥、韓国のお粥、アメリカ南部のグリッツ（とうもろこしでできたお粥のような食べ物）があった。お米の国の人間として大変ありがたかった。

体調が悪いときというのは、食欲も低下するため、食が楽しみではなくなるかもしれないが、読書やテレビ、タブレットで楽しめることや、散歩、周りの人と関わる時間など、できることの中から気分がよくなることを探していただきたい。

家から出かけよう

高齢者施設に居住していたり、自宅で闘病している人であれば、許される範囲で今いる環境から出かけてみるのがいい気晴らしになる。それは外の世界との関わりを持つということだ。一人で住んでいる人であれば尚更、買い物に出かけたり、イベントに参加したり、アートや運動のクラスをとったり、何かの活動に積極的に参加することで、自分が社会の一員だということを再認識できるだろう。

アメリカのサービス付き高齢者施設には、シャトルバスを出している所が多く、運転しない住民の足となっている。交通機関を利用する人が多い日本では、もっと自由に移動することができる。母が自宅で闘病中、デイサービスに付き添ったことがあった。始めはあまり乗り気ではなかったが、行ってみるといい気晴らしになったようだった。母は体力的にも認知面でも、人と話を弾ませたり、活発にアクテビティに参加する状態ではなかったが、優しく話しかけてくだる参加者の方がいたり、スタッフの方々もよく気を遣ってくださり、身体と脳を刺激するいい機会になった。母がもう少し元気だったら、お友達を作って、もっと楽しんでいただろうと思う。家にいれば日常も変わりばえせず、精神的にも鬱憤がたまる。1時間でも外界に触れることで、社会生活を楽しんだり、ストレスの発散にもなる。近所の公民館、コミュニティーセンターで高齢者のためのサービスやイベント・催しなどを調べておくことをお勧めする。一人で行くのが億劫な方は、家族や孫、友達などを誘ってまず見学に行ってみるのも一つの方法だ。家から出かける機会を持って、五感に気持ちのいいことを味わって欲しい。

人とのつながりを持とう

私たちは人との関わりの中で生きている。人とのつながりのない生活は味気がなく、孤独だ。そのつながりは家族とのものかもしれない、近所付き合いかもしれない、一緒に苦楽を共にした古くからの友人との付き合いかもしれない。人とつながっているからこそ、喜怒哀楽があり、人生が豊かになる。高齢になると、なにぶん新しく何かをするということが億劫になりがちだが、こうしたつながりが薄い人は、人と出会う機会を見つけてみるといい。

アメリカでは、あまりにも人がきさくに話しかけてくるので、はじめは驚いたものだ。全くの他人であっても、同じスペースを共有しているということだけで、世間話が始まる。スーパーでレジに並んでいるときや、エレベーターで一緒になったときなどは自然に会話が弾む。恋人をさがしている人はペットを連れて公園を散歩すればいいと聞いたことがある。文化は違っても、気持ちの持ちよう一つで、このような機会は私たちの周りに溢れている。

昔からの友達や親しい家族との関係であれば、尚更心の拠り所となる。こうした深い関わりはお金では買えない宝石のようなものだ。患者のラリーさんは末期のがんで、自宅でホスピスケアを受けていた。身体のバランスを崩すことが多くなり、家の中でも歩くのが困難になりつつあった。そんなラリーさんの楽しみは毎週1回、同級生数名と近所のマクドナルドに朝ごはんを食べにいくことだった。まだ運転できる同級生が家まで送り迎えしてくれるのが何よりありがたかった。80代となった彼らはそれぞれ仕事で成功を収め、定年退職してしばらくになる。四、五人で、昔話に花を咲かせたり、家族や孫の話をしたり、お互いの健康を心配したり、長い付き合いの彼らとは気を遣うこともない。その友達が友達を呼び、10人を超えることもあった。うちにいるとついつい自分の身体の衰えや病気のことで頭がいっぱいになってしまいがちで、気も塞ぐが、友達と出かけることで、人生に楽しめることがまだまだあると思うことができた。

メアリーさんは旦那さんを亡くしてから、一人暮らしで心細い思いをしていた。家の中の何かが壊れて修理が必要なときも、体調が悪いときも、頼れる旦那さんはもうこの世にいない。喪失の悲しみに加えて、一人で生活をしていく自信がなかった。晩婚だった二人の間には子供がいない。そんなメアリーさんの心の支えは、旦那さんの1度目の結婚のときの子供たちとその孫たちだった。違う州に住んでいたため、なかなか会うことはできなかったが、子供たちとは定期的に電話で話をしていたし、孫たちとはタブレットで会話を楽しんでいた。血のつながりがなくても、心から愛してくれて、心配してくれている家族がありがたかった。

安心して頼れる人がいるというのは、心細いとき、寂しいとき、辛いとき、大きな心の支えになる。それだけでなく、こうした関係は人生を豊かにしてくれる。自分の存在や体調を気にしてくれたり、大切に思ってくれる人がいるだけで、心が愛情や感謝で満たされ、「また今日一日頑張ろう」という励みになる。

人の役に立とう

セリグマンは、人の役に立ったり、人のために尽くすことで私たちは人生の喜びや意味を深く感じるという。誰かの役に立ったり、喜んでもらったりすることで自分の存在に価値を感じるからだ。そのいい例がボランティア活動だ。

ニューヨークで学生をしているとき、ある年の収穫感謝祭にホームレスの人たちに食事を給仕するボランティアをしたことがあった。教会のホールには丸テーブルがいくつも並べられその周りにホームレスの人が座った。ボランティアは食事の準備をして、一人一人のホームレスの人に、食事を持っていく。そこでは古着も振る舞っていたので、欲しい上着やコートがあるかを聞き、サイズに合ったものを探してくる。これまで厄介なもののように避けていた人たちに、ウェイトレスのように笑顔で注文をとっているうちに、自分の中に刷り込まれていた隔たりというものが消えていった。食事はその人たちの1日の糧となり、暖かいコートは凍死を防ぐ。ニューヨークという大都会のちっぽけな存在の私が、数時間自分の時間をさいただけで一人のつまらない収穫感謝の日が特別な日に変わった。与えることで、与えた以上のものを受けとるという法則を学んだ1日だった。

ボランティアはある程度時間が拘束されるが、日常の中で見知らぬ人に優しくすることなら簡単にできる。お年寄りや身体の不自由な人に席を譲ったり、道に迷っている人を助けてあげたり、自分ができる範囲でできることをすればいい。笑顔で「ありがとう」と言われるだけで、その日一日の気分がよくなる。

ホスピスの患者さんで、最期まで人のために役に立ちたいと思っていた人がいた。日系人のナンシーさんは高齢者用介護施設でホスピスケアを受けていた。その施設では明らかに介護職の従業員が足りず、入居者がスタッフを呼んでも待たされることが多かった。ナンシーさんは自分自身も含めて、多くの入居者も不満不平を抱えているということに心を痛めていた。私が訪ねると、

「次のコミュニティーミーティングで正式に訴える」

と口にしていた。これは施設側と入居者側が定期的に集まって、コミュニティーの改善のために話し合いをする場だ。入居者の多くは、病気や障がいを抱える弱い立場の人たちだ。そういう人たちがケアを提供する側にクレームをつけるというのは、なんとも勇気がいる。まるで告げ口をするようで、気分を害した介護スタッフからさらに嫌がらせをされるかもしれないという不安で、泣き寝入りする人がほとんどなのではないだろうか。結局ナンシーさんはその後状態が悪化し、実際にそのミーティングに参加できたのかどうかは定かでないが、ナンシーさんの正義感と人の役に立ちたいという熱い想いに心を打たれた。寝ていることが多くなっていたナンシーさんであっても、声を持たない患者さんたちのために何かをするというのは、大きな意味があったのだと思う。

頑張った！を味わおう

自分の人生を振り返って「頑張った！」と達成感を味わったことを思い出してほしい。何かの目標に向かって努力をして、それが報われたときだ。入りたい大学や会社に受かった、プロジェクトが成功した、苦肉の策が完成した、目標貯金額に到達した。こうした時間と努力とエネルギーを費やしたものは、達成感も大きい。

私はハワイで三週間入院していたとき、手術後リハビリをかねてなるべく病棟内を歩くようにしていた。はじめはいくつもの管をつけて、傷口に気を留めながらそろそろと歩くのが精一杯だったが、毎日歩くうちに、自分の回復具合が手にとるようにわかるようになった。一日一回の病棟内散歩が一日3回となり、歩く足取りも確かになっていった。退院後は毎日散歩を続けようと決めていた。そうでなければ一日寝てばかりで心も沈んでしまう。散歩は一日にメリハリをつける役割となり、外の空気を吸い、日にあたり、人の営みを眺める機会となった。はじめから高い目標を立てれば、できなかったときにがっかりしたり、嫌になったりするので、散歩の時間や距離は体調が許す限りとし、無理をしないようにした。目標を立てるときは、難しすぎず、簡単すぎないのがコツだ。同じような毎日の自宅闘病生活の中で「今日も頑張った！」と自分を励ましながら、2ヶ月を乗り越えた。

体調が少し回復してからは、たびたびアラモアナビーチパークに出かけるようになった。ここはコミュニティの人々が集う憩いの場でもある。週末になるとアルツハイマー協会やがんの支援団体など、色々な組織がカラフルなテントやバナーを立てて、チャリティイベントや啓蒙活動をしている。その一つがマラソンやウォークだ。コースや距離も選べるため、誰もが楽しめるようになっている。こういうイベントに参加してみるのも、いい達成感につながる。仲間も増えるだけでなく、病気についての理解を深めたり、参加することが研究や治療のためにも役に立つ。

「頑張った！」は大きな目標でなくても、身の回りの、ささやかなことでも十分に達成感を感じることができる。そして達成感というのは、自分の時間や、日常に意味を持たせてくれたり、人生に価値を与えてくれるエッセンスとなる。

日本人はとっても努力家だ。頑張ることにかけては、どの世界の国の人にも負けていないのではないかと思うぐらいだ。人生で「頑張った！」を増やすには、発想の転換が鍵になる。これまでできたことができなくなる。これまで楽しんでできていたことがしたくなくなる。そうした身体や気持ちの変化に失望して、イライラして過ごすのはもったいない。「これまでできたことはできなくなったけれど、できることを見つけていこう」という風に発想を転換して、目標を変えていくことで、また新たな達成感を味わっていくことができる。

大切なものを発見する

母は人付き合いが上手だったので、老いてからも水泳教室ですぐ友達を作って、たまに教室の後、食事会に出かけるのを楽しみにしていた。逆に内向的だった父は定年退職後さらに人と会う場が減ってしまい、家でテレビを観る時間が増えた。

英語で「バケットリスト」という言葉がある。日本語で言うところの「死ぬまでにやっておきたいリスト」だ。アメリカで2007年に公開された映画はまさしくそのタイトルがついている。日本でも『最高の人生の見つけ方』という邦題で公開された。ジャック・ニコルソンとモーガン・フリーマンが主演し、2007年の映画収益トップ10に入ったほどだ。余命を告げられ入院先で知り合った二人は、バケットリストを叶えるために世界旅行に出る。その過程で人種も社会的地位も全く違う二人の間に友情が芽生え、その後カーター（モーガン・フリーマン）の死をきっかけに、ニコルソン演じるコールが疎遠だった家族との絆を深めていく、笑いあり涙ありの心温まるコメディーだ。最近このように高齢者が人生のアドベンチャーを爽快に楽しむテーマの映画がぐっと増えた。医療の発展で寿命が伸び、元気に長生きするお年寄りの共感を呼ぶだけでなく、若い世代が自分らしく人生設計をするきっかけにもなる物語だ。

映画では、余命を宣告されたフリーマンが自暴自棄になり一度はバケットリストを諦める。この気持ちは誰もが理解できるものだ。末期と診断されて人生が終わった気持ちになり、バケットリストなんて自分にはもう関係のない、どうでもいいものだと思ったのだ。彼のリストには壮大なアドベンチャーから、日常の中で叶えられる「腹を抱えて笑う」などの小さな喜びもあった。

ホスピスの患者さんたちにもバケットリストを持つ人がたくさんいた。もう一度海風にあたりたいと思っていた人。家族で大好きなラスベガスにもう一度行きたいと願っていたお母さん。大好きなアニメキャラクターに会いたいと思っていた少年。孫ともう一度乗馬を楽しみたいと思ったおばあちゃん。おしゃれをして誕生日のお祝いに出かけたいと思っていた娘さん。娘の結婚式に参列したいと願ったお父さん。

こうしたリストを見てみるとその人の価値観や人生の中で大切なものが手に取るようにわかる。体調、予算や家族との連携など考慮することが多いため、実際に叶うこともあれば、叶わないときもある。一つのものが叶わなくても、叶えられるものは必ず見つかるものだ。

母のバケットリストを叶えたことを思い出す。亡くなる約3週間前、まだ自宅で療養していたとき、私の用事に付き合って歩いて5分のところにある郵便局に一緒に行きたいと言い出した。急な坂のあるところだったのでたとえ5分でもフレイルの母には体力を消耗する。二人でしっかり腕を組んでアドベンチャーに出発した。2度の手術で肺の一部を大きく切除しているので、息がきれる。ゆっくりゆっくり歩き、何度も休んだ。帰りの道であともう一歩で家に到着だという坂の途中でもう一度休んだ。そのときふと写真をとっておこうと思いたちスマホで自撮りした。母はいい笑顔を作った。それが母との最後の写真であり、最後のお出かけになった。終末期の患者さんの多くは最後まで自分で歩きたいと願う。母もそうだったのかもしれない。自分の足で、地に足をつけて歩くということがどれほど母を喜ばせたのか今になってわかることだ。母は「バケットリスト」を持っていなかったが、私はその一つを叶えた瞬間に立ち会えたことを今も大切にしている。

あなたにとって終末期医療で大切なことは何ですか？

✓	順位	
		一人の人間として医師に認識してもらうこと。
		スピリチュアルケア担当のスタッフと話ができること。
		お祈りをする（お経を唱える）こと。
		神様（仏様）と折り合いをつけておくこと。
		他の人のためになること。
		家族の負担にならないこと。
		人工呼吸器につながれていないこと。
		不安なことや恐れていることを誰かに話せること。
		家族が側にいること。
		死がどういう意味を持つのか誰かに話せること。
		ユーモアを忘れないこと。
		不安な気持ちにならないこと。
		痛みがないこと。
		清潔であること。
		金銭的なことを整理しておくこと。
		人に触れられるということ。
		息苦しくならないこと。
		身体の変化について知っておくこと。
		望む通りのケアをしてもらうこと。
		人生で成し遂げてきたことを思い返すこと。
		思い残すことがないと思えること。
		自分の価値観や大切なものを理解してくれる人を持つこと。
		大切な人たちにお別れを告げること。
		家族が言い争いにならないように、ケア・治療に対する考えを家族に伝えておくこと。
		家族や友達との間に心残りがないようにすること。
		尊厳を守ってもらうこと。
		家で死ぬこと。
		家族が心の準備ができていること。
		お葬式の準備をしておくこと。
		意識がはっきりしていること。
		心を打ち解けることができる看護師がいること。
		医師を信頼すること。
		死ぬときに一人でいないこと。
		話を聞いてくれる人が側にいること。
		親しい友人が側にいること。

終末期における大切なもの

ホスピスでは患者さんとご家族に残りの時間を望むように過ごしていただきたいという思いでケアに携わっていたが、それと同時にあるリストも大切にしていた。それは最期をできる限り穏やかに、安らかに過ごすために患者さんのケアに対する言葉にならない思いを書き示したものだ。前ページのリストは元々Go Wish Gameというトランプカードにそれぞれの項目が書かれてあるものを私がリストにした。遊び感覚で終末期について家族や医療従事者と話すきっかけづくりとして作成されたものだ。

このリストをご覧になって自分が終末期に大切だと思うものを10個選んで、その10個の中から優先順位をつけてみていただきたい。考えてみるとこれが思ったより難しい。目的は、自分のニーズを知っておくこと、そしてそれを家族や大切な人に伝えておくことだ。

こういった話は普段考える機会もないし、それを家族に伝えておくということも考えないものだ。そして家族の方からは切り出しにくい。よくご家族から、「こんなことを切り出して、まるで家族がそのときが来るのを望んでいるように勘違いされるのではないか」「本人を傷つけるのではないか」「縁起が悪い」という言葉を聞いた。一度言葉にしてしまうと撤回できない分、慎重にならざるを得ない。終末期の医療についての話し合いに関しては第四条で詳しく触れるが、こうした繊細な話はタイミングが大切になる。症状が大きく変化したときや、入院や手術の際、回復しない病気だと診断されたときなど、大きな変化が見られるときをきっかけに話しておくのが良いだろう。

ホスピスではリストの内容に気を留め、訪問の際に何げないお話の中で聞き取るようにしていた。そうすることで、患者さんのニーズを把握し、思いをくみとり、患者さんの意思をより尊重したクオリティの高いケアを提供することにつながっていた。

自分のニーズや欲求を家族や医療従事者に伝えるというのはどうも自分勝手でわがままな気がするかもしれない。人に気を遣って、協調性を大切にする日本人には特にそうだ。自分のことはさておき、他の人が求めているものを素早く察知し、提供するということにとても長けている民族だと思う。それが関係性の中に自然に取り込まれていて、お互いが気を配りあっているので口に出して求めなくても与えられるという関係性が自然にできている。

医療の中では、一番いい治療を提供してくれるはずだという信頼と大前提の元に、あえて口に出さないという暗黙の了解がある。質問したり、提案されていないことを口にするのは医師に失礼だと感じる人も多い。

母がまさしくそうだった。主治医の先生と今後の治療方針を話す面談で、一言も口を開かなかった。「先生がいうことが一番正しいから、その通りにする」というのがその答えだった。それには母の意志を優先しようとして下さっていた医師もやや戸惑っているようであった。

一昔前までは母の態度が普通だったのかもしれない。倫理的配慮から個人の権利が尊重され、治療の説明と同意が重要視されるようになり、今や医師任せではなく、医師との共同作業で治療方針を考え、意思決定をしていく時代になりつつある。患者にとっては、自分の命の選択や終末期における人生の優先順位というものをしっかり考えることが求められている時代でもある。

アメリカでは自分がどう後年を過ごすのかも、どのような治療を選択するのかも、そしてどのように人生の幕を閉じるかも、個人の権利と捉える。聞こえはいいが、実践するとなると、自我や自分のニーズを優先させることに抵抗のある日本人にはなかなか難しい。

アメリカで長く過ごした私でさえ、自分のニーズというものを認知することに時間がかかり、それを言葉にするということにかなりの努力が必要だった。

現代社会では寿命が長くなり、高齢になっても自分らしく、生き生きと歳を重ねることができる時代になった。まずは「社会の負担」「家族の負担」という考えを転換し、これまで家族や大切な人に費やしてきた時間や、愛情を自分にもむけてみるという努力からはじめてみていただきたい。そして残りの人生において、まだまだ充実する時間をすごしたり、社会貢献の価値があると認めることで様々な自分発見が待っていることだろう。

第四条　大切な人のためにできることを考える

For people you love the most

人生の最終章を考えたとき、一番心配なのは、「家族の負担になること」と答える人が多い。「同居は気を遣う」「子供にも家庭があるから」など高齢者からよく聞く言葉だ。

私の母も例外ではない。自らの介護者としての経験から、子供たちには同じような思いはさせたくないという気持ちが大きかったのだろう。母の時代は何世代かが同居し、長男の妻が家で親や、義理の親の面倒を見るということがあたりまえであった。母が看取った「ばあちゃん」の話はよく聞かされた。父の祖母にあたる人だ。私は特に可愛がられたらしく、認知症の「ばあちゃん」は私を乳母車にのせ、家族の心配をよそによく散歩に出かけたらしい。可愛がられたにもかかわらず、私は「ばあちゃん」のことを全く覚えていない。その当時スマートフォンがあれば、その様子を残しておくことができたであろうが、手元には写真もなく、母や家族から何度も聞かされた物語から想像を膨らますばかりだ。

「ばあちゃん」は家で母に介護され、安らかに亡くなった。

時代は変わり、母の頃から在宅医療も家族のあり方と共に随分変わった。平成29年度の厚生労働省の資料[13)]で、世帯構造がどれほど時代と共に変化したかがよくわかる。昭和61年には三世代世帯が45%だったのが、その30年後の平成28年にはたったの11%となっている。60%ほどの世帯は単独もしくは夫婦のみの世帯だ。仕事や結婚で遠くに住む子供たちが増え、介護者も、長男の妻から高齢者の配偶者、同居している未婚の子供、離れている子供や義理の娘など多様化してきている。私がハワイのホスピスに勤めていたときは、子供たちが仕事の関係で遠くに住んでおり、その代わりに地元に住む孫、姪・甥、友人、隣人などが介護の中心となることもあった。

遠くに住む子供たちは親が日を追って老いていく様子を知らない。アメリカに長く住んでいた私がそのいい例だ。たまに帰国して以前に比べて親の白髪が増えていたり、不自由なことが目についたり、小さくなっていたりするのに気がつくたびに、現実を突きつけられ悲しくなるものの、滞在が終われば、また自分の生活に戻っていった。

母が肺がんと診断されてから、時間が限られているからこそ、母とどう過ごすのがいいだろう、自分はどうしたいのだろうということを常に考えていた。だからといってどうしたらいいのかわからない。そんな悶々とした時間の中で、最終的に母が生きていた人生というものをもっと知りたいと感じる自分に気がついた。母としてではなく、一人の人間として、女性として、どんなことを感じ、どんなことを考えて生きていたのか。それは一本の糸をゆっくり手探りで辿っていくようなもので、なかなか思った通りにいかなかった。こちらの聞き方が悪いのか、あまり語りたくないのか、母の記憶が定かでないのか、「さあ、ようわからんわ」「どうやったかな～」という言葉で阻まれ、なかなか会話が続かなかった。母が末期の病気に冒されるまで、こうした時間を持ってこなかったことが悔やまれた。

日本の人間関係は縦の関係だ。目上の人には敬意と礼儀をもって接することが期待される。それぞれが社会の役割の枠の中で関係を維持している。家族の関係であっても親のプライベートな部分に立ち入ることはあまりない。子供は老いていく親がどんな気持ちなのか、どんな葛藤を抱えているのか、聞いたりするのはどこかプライベートな部分を侵害しているような、してはいけないことのようなそんな気がするものだ。そして親側も変な話をして家族に心配をかけてはいけないと相手を気遣う。それに比べてアメリカでは人間関係がフラットだ。親子の関係でもざっくばらんで友達のように打ち解け合って仲がいい。「アイラブユー」と口に出して言えるのはそんな心の感情を素直に伝え合える関係性だからだ。親を敬う文化の日本では相手を思う気持ちや愛情はストレートな言葉ではなく、労いや感謝の言葉で表現される。

私は縦に結ばれる日本の人間関係と、横の個でつながる欧米の文化の中で過ごしてきた。関係性や愛情の表現は異なっても、家族を思う気持ちには変わりはない。家族にとって大切な人が歩んできた歴史は、自分たちの歴史でもある。忙しい日常の中でそれに気をとめる機会がないだけで、その物語に耳を傾ける時間は何ものにも代えることができないということを私は身をもって知った。祖父母であっても、親や兄弟であっても、子供であっても、大切な友人であっても、一人の人間としてどう生と死に向き合ってきたのかを語るということは、旅立つ側と見送る側の両方に深い意味を持つ。

レガシーを残す

レガシーとは生きてきた証である。それが財産などの目に見えるものの場合もあれば、人に与えた影響など、数字で計ることのできないものもある。私がお別れの準備の支援の中で大切にしているのが後者だ。それが世間で評価されるような偉業でなくてもいい。その人の心の中でいつまでも残っているような出来事や思い出、その人の歴史や語り継いでおきたい物語などを指す。その人の人生自体がレガシーなのだ。

自分の命が限られていると分かったとき、私たちは生きてきた道のりを振り返る。そして多くの人は、それを何らかの形で残しておきたいと思うものだ。それはバラバラにある本のページをまとめて、自分の人生という一冊の本にしておくような作業だ。私はその作業に聞き手として寄り添った。

90代のオリバーさんは写真入りの自叙伝を自費出版した患者さんだ。昨今はいろんな媒体で簡単に自費出版もできるようになり、コンピューターを使いこなせないお年寄りでも、家族に手伝ってもらえれば、実現できる。オリバーさんの場合は米国本土で定年退職した娘さんが中心で取り組んでいた。

カウアイ島のさとうきび畑農家に育ったオリバーさんは、小さい頃から兄たちと家業を手伝った。小さい身体で太陽が照りつける中の厳しい肉体労働はどれほど大変だっただろう。一生懸命勉強をして、家族で初めて大学まで進んだ。その後オアフ島で政府関連の仕事に関わるようになり、その人となりが認められてどんどん大切な仕事を任せられるようになった。友達や家族にも恵まれ、公私共に幸せな人生だったと振り返った。

オリバーさんは独身の次男と同居していたが、彼は仕事で一日家を空けていることが多く、ケアに関する連絡も全て遠方の長女を通すよう指示を受けていた。彼女は自叙伝づくりを通して、お父さんから直接これまで歩んできた人生について聞き、一緒に思い出を振り返ることができたのは何よりの宝物だと話していた。親のこうした歴史というものは、家族はなかなか知る由がない。こうした自叙伝や写真集は、それを形に残しておくための素晴らしいツールだ。そしてオリバーさんにとっても、子供たちだけでなく、自分を知る大切な友達たちとできあがった本を共有することで、自分のレガシーを人に託していくような気持ちだったのではないかと感じた。

親の人生を共に回想する時間を持つことができた彼女を羨ましく思う。私の父はくも膜下出血の闘病中、病床で自叙伝を書きたがっていたが、それが叶わなかった。もし父の自叙伝が完成していたならば、父の目を通して、親になる前の人生や、語ることのなかった物語を知ることができただろう。

ディグニティーセラピーという心理手法がある[14]。くわしくは第八条で述べるが、カナダで終末期に関わる精神科医のハーヴィ・マックス・チョチノブが15年の研究をもとに構築したもので、インタビュー形式で、聞き手が10の質問を投げかけながら話し手の人生を共に振り返る。「人生を振り返って大切な出来事や誇りに思うこと」「人生で大切な家族に覚えておいてほしいこと」「家族に伝えておきたいこと」など、テーマに添って話し手の歴史に触れるもので、本人了解のもと録音し、原稿におこせば、ご本人から、家族や大切な人への手紙にもなる。

80代のポーラさんには大切にしている中学生の孫娘がいた。ある家庭の事情でポーラさんと旦那さんが親代わりとなり一緒に生活を共にしていた。ポーラさんの心配の種は、これから女性として成長していく孫のそばにいてやることができないということだった。ポーラさんを本当の母親として慕っていた孫も、またポーラさんの命が限られているということに言葉にならない悲しみを抱えていた。そんな中、ポーラさんにディグニティーセラピーを提案してみた。ポーラさん自身から語られる物語から、ポーラさんがたくさんの人を愛し、また愛された歴史がうかがわれた。そしてその歴史の中にしっかりと存在するお孫さんが手紙を読み返し、ポーラさんに誇らしく思ってもらえるような女性に成長していく姿を想像していた。

思い出を作る

80代のキアナさんは、ホスピスに入所したときはまだ家族に付き添われて出かけることができていた。三人の息子はそれぞれ家庭を持ち、違う町に住んでおり、キアナさんは次男とその妻、1歳にみたない子供と同居していた。キアナさんの悩みは三人の息子があまり仲良くないということだった。母親を見舞って他の息子たちもそれぞれよく顔を出すようにはなったものの、これまでにできた兄弟の間の溝を埋めることができないでいた。それを懸念してキアナさんは二つのことを息子たちに提案した。

一つは毎週一回家族全員で夕食を持ち寄って集まるということ。そしてもう一つは家族で旅行に出かけるということだった。キアナさんの食欲はほとんどなかったが、家族が集まってワイワイと食卓を囲む姿を見るのを何よりの楽しみにしていた。ハワイの人はラスベガスが大好きだ。キアナさんもその一人。もう自力で歩くことはできなくなっていたが、体調と相談をしながらも、旅行を実現させた。体力的にもかなり辛かったのではないかと想像できたが、それよりもラスベガスで作った思い出は何にも代えることができないものになった。キアナさんは末期のがんで車椅子生活になっていたが、症状を薬でうまく抑え、体調に合わせて旅行先での予定に柔軟性を持たせることで、旅行を楽しむことができた。
家族との楽しい思い出を作り、子供たちは母親の病気を通じて、お互いを理解し合い、協力し合って再び絆を取り戻していった。それぞれがキアナさんを愛し、キアナさんの思いをしっかり受け止めた。

一日一日を大切に生きるというのはこういうことをいうのだろう。残された時間の中で家族と笑い合い、病気と生きるニューノーマルの中で思い出を重ね、愛情を確かめ合う。これはお金をかけて旅行に行かなくてもできることだ。

今後の医療を話し合う

命を脅かす病気になったとき、「家族の負担になりたくない」と考えている人が事前にできることがある。それは自分が意思を伝えられなくなったときにどんな医療や処置を望むのか、望まないのかを家族と事前に話しておくことだ。特に持病を持つ人や、高齢の方であれば、医師や家族と話し合い書面に残しておくのが望ましい。

平成29年の厚生労働省の意識調査[11]によると、そうすることをいい考えだと思う人が66%いるにもかかわらず、実際に話し合ってその意思を書面に残している人は約8%にとどまった。その主な理由として「その機会がなかった」と答えた人が半数以上(56%)いた。かくいう私も終末医療に従事していながら、4、5年前まで正式な書類を準備したことがなかった。理由はと聞かれたら意識調査でもあったのと同様、「機会がなかった」と答えただろう。

いや、そんなことはない。毎日のように終末期にある患者さんのケアに関わっているのだから、考える機会は毎日あった。普段から夫とも話をしていたし、書類を記入するところまで準備していた。米国では事前指示書は法的効力がある。正式なものにするための公的証人の署名がなければ、それは口約束と同等の価値しかない。私の場合、書類は記入してあったものの、証人の署名をとるのが延び延びになっていた。皮肉にも大病を患って、病室で書類を記入することになった。

母は肺がんで7年闘病し、最後の10日を緩和ケア病棟で過ごした。母と終末期の医療の選択など話し合ったことはなかった。3度目の手術の話が出たときに、「痛いのはもう嫌や」という母の一言で延命治療は終了した。緩和ケアへの入院は子供たち三人で相談して決めた。もし母の意向がわからず延命治療を続けていれば、母との別れは随分と違ったものになっていただろう。

終末医療の選択を全て医師や家族に任せてしまう高齢者は多くいる。その場合本当に正しい選択だったのか、一抹の不安と疑問が残る。この責任は、家族にとって後に精神的なトラウマにもなりかねない。自分の判断で、大切な人の命を奪ってしまったのではないか。最後まで身体的に苦しんだのは自分の決断のせいではないか。答えのでない問いに苦しみ、自分を責めることになるかもしれない。

平成30年に厚生労働省や医師会が終末期医療についての話を奨励するガイドラインを打ち出している。高齢化が進み、今後さらに病気と共に長生きするお年寄りが増えている中で、最期まで尊厳を守り、質の高いケアを提供するためだ。それは医療倫理や人権に関わることでもある。

様々な取り組みや啓発活動により「人生会議」というその愛称を耳にしたことがある人もいるかもしれない。しかしながらその話し合いをどのように進めたらいいのか不安に思っている医師も多く、これが欧米のように標準化するにはまだ時間がかかりそうだ。しかし何より大切なのは、医師や家族に任せっきりにするのではなく、一人一人が自分の命の選択に責任を持つということだ。

では具体的に何を考えればいいのだろう。まずは主治医にアドバンスケアプラニング、または人生会議に関する書式やブックレットがあるのかどうか聞いてみよう。自治体や病院が独自で情報提供している場合がある。例えば私の住む地方自治体では、「ライフデザインノート」というものを区役所で無料配布している。文字の大きさにも配慮があり、イラストが散りばめられ、素敵なデザインだ。自分の人生を振り返るページもあれば、介護や医療に関する希望を書くページもある。法的な効力はないが、家族や医療従事者と情報を共有しておくことができる。終末医療に関してどういったことを決めておくとよいか、紹介しておこう。1）どこで最期を迎えたいか、2）命を脅かす病気になったとき、医療従事者に伝えておきたい大切なことは何か、3）いつまで延命治療をしてほしいのか、4）

かである。

人工栄養や水分を望むのか、6）自分で意思決定の能力がない場合、誰を代理人に選ぶのかである。

心臓や呼吸が止まったとき、蘇生を願うのか、5）呼吸があるけれども、意識がないとき、

1）どこで最期を迎えたいか

これまでの普段の生活通り、自分のベッドや布団で寝起きし、食べたいときに食べたいものを食べ、慣れ親しんだものに囲まれ、家族と、穏やかな時間を過ごしたいと答える方がほとんどだろう。しかし今でもほとんどの人が病院で亡くなる。それは現在の日本ではまだ患者さんや家族が家で安心して介護できるシステムが整っていないからだ。患者さんは「家族の負担になりたくない」と心を悩ませ、家族は家で介護する身体的、精神的、経済的負担の狭間で葛藤する。

先に紹介した厚生労働省の資料[13)]によると、近年介護者の高齢化が懸念されている。単独世帯が増えており、介護者がいても年老いた配偶者の場合がある。在宅の場合、患者さんの安全面が一番大切になるため、配偶者が高齢でさらに健康上の問題がある場合などは、介護の中心となってくれる他の家族や親戚の支援が必要となる。最近は在宅医療を提供す

る病院や訪問看護サービスも充実しつつあり、保険で看護・医療・福祉サービスが自宅で受けられるようになった。しかし24時間の介護をしてくれるわけではないので、総合的に考えて頼りになる介護者の確保が、大きな鍵になるだろう。

家族の負担を考えると話しづらいことであるが、正直に腹をわって話すことで家族の理解や支援を得られる場合もあるし、そうでなくても他にどのような選択があるのか事前に情報収集をしておくことで不安を解消しておくことができる。家族の様々な事情で、本人の希望を叶えられない場合でも、お互いが理解し合う助けになる。

2）家族や医療従事者に伝えておきたい大切なこと

第三条で Go Wish Game を紹介した。リストを参考にそのときを想像して、自分にとってどういうケアが身体的、精神的、社会的、スピリチュアルの面で心安らぐものになるのだろうかと考える機会になればうれしい。具体的に、終末期を心穏やかに過ごすために家族や医療従事者に伝えておきたいことはあるだろうか。

母は「もう痛い思いはしたくない」というのが一番の望みだった。そして私たち家族は、それが手術や抗がん剤治療などの辛い延命治療はしたくないということだと受けとり、緩和ケアに切り替えた。

一方私がハワイで携わった患者さんの中には「痛みを少しは我慢しても、家族や友人と会話を楽しむために、できるだけ意識をはっきり持っていたい」という方が多かった。緩和医療では十分可能なことで、その人の生活のクオリティーを一番に考えて痛みと覚醒のバランスをとっていく。しかし病気がかなり進行していて強い薬を使わなければ痛みの緩和が十分にできないとなったときは、寝ている時間が長くなっても身体が楽であることが優先されるべきである。

心理的なサポートに関しても人それぞれで、宗教家にお祈りしてもらうことで心が安らぐという人もいれば、心の苦しみを誰かに聞いてほしいという人もいる。中には変わっていく自分の姿を誰にも見られたくないと家族以外の面会を拒否する人もいれば、一人になるのが寂しくて、スタッフやボランティアを大歓迎してくれる方もいた。ある日本人の患者さんは、息子の家に同居し、アメリカ人の義理の娘が介護者となっていた。どんなことがあっても義理の娘に下の世話をさせたくないと思っていた彼女は、歩けるうちはどんなに身体が辛くても、どんなに時間がかかってもお手洗いまで歩いて行き、簡易のトイレを使うことを嫌がった。これは義理の娘さんが嫌がったわけではなく、あくまで患者さんの強い思いであった。そして寝たきりになってからは、ホスピススタッフと有料の介護士が協力してその願いを尊重できるよう支援した。

施設にいらっしゃったある患者さんのご家族は、できるだけ家にいるように感じてもらおうと、患者さんが家で使っていたものを持ち込んだり、お部屋を家族の写真や、デコレーションで飾った。

最期に過ごす場所は、家ではないかもしれない。それでもできるだけ心と身体と魂のレベルでくつろげる、温かで安らかな時間を過ごせる空間がいい。

3）いつまで延命をしたいのか

これは患者さんの年齢や、疾患、慢性の持病、認知能力、どれほど状態の回復ができるのかなど様々な要因が複雑に絡み合っているため、自分の人生観や家族との時間などを考慮しながら考えて、話し合っていく必要がある。

私の母は肺がんの診断を受けたときはすでに高齢だったが7年間で2度の手術を受けた。再再発がわかったときにもう痛い治療は嫌だと延命治療をやめる決断をした。もし母が働き盛りで、成人前の子供を育てていたとしたらその決断は変わったかもしれない。もし母の娘の結婚式が一年後に控えているとしたら、3度目の手術を受けてでも、出席したいと思ったかもしれない。患者さんの人生で大切にしているものや、生きる希望などは人によって様々でご本人にしかわからないものだ。回復しない病気であっても、痛みなどの症状をうまく緩和していくことができれば、普段通りに近い生活ができることもある。母にもそうした時期が何年もあった。

往々にして安定期にあるときは、こういった話は避けたいと思うものだ。かといって増悪期になればさらに話がしづらく、本人の意向が反映されない可能性がある。大切なことは「考え始める」ということだ。一度決めても、気持ちが変わる可能性もある。それでも良いのだ。自分がどの時点で状態の回復を望む治療から、できるだけ身体への負担が少ない治療を望むのかということである。延命治療をやめるということがどういう意味をなすのか、その後どのようなケアのオプションがあるのかについては次の章で述べる。

4）心臓や呼吸が止まったとき、蘇生を願うのか

これは自分だけでは事前に考えるのが難しいだろうと思う。それはその場面を想像することができないからだ。その場面とは呼吸や心臓が止まったときだ。私たちはテレビか映

画の世界でしかみたことがない。

蘇生に関して世界のトップ医学雑誌、ニューイングランドジャーナルに目を見張る研究が載っている[15]。この研究ではアメリカの三つの医療ドラマを比較し、蘇生の場面での患者の背景、病気、蘇生結果を分析し、テレビと現実がどれだけ大きくかけ離れているかを警告している。

そこで明らかになったのは、ドラマに出てくる患者というのは多くが子供や、ティーネージャーやヤングアダルトで、事故や怪我などで瀕死の状態となり病院に運ばれてくるパターンが多いということだ。高齢者や長く病気を患った患者はほとんど出てこない。さらにいうとテレビの中のほとんどの患者は蘇生ののち奇跡的に息を吹き返すが、これが高齢者となると成功率は5%を切る。知らず知らずのうちに蘇生という生死に関わる重大な選択がどれほどメディアに影響されているのかがよくわかる。

さらにあまり聞かないのは、蘇生の際、肋骨にかなりの圧迫がかかるため、骨が脆くなっている高齢者であればそれは骨が折れる衝撃だということだ。まだ蘇生が成功して、ご家族と話ができるようになるまで状態が回復するのであればその負担に耐える価値があるのかもしれないが、命が限られている高齢者の場合、成功しない確率も高い上、身体への負担がとてつもなく大きい。

こういった事実は医師や家族と終末期における医療について話をする場合に、きちんと説明されるべきである。延命をするということは医師があらゆる医療の手段を使って、一日でも長く命を長らえる努力をするということである。心臓や呼吸が止まれば蘇生をするし、いくつもの強い薬が投与される。こうした大きな決断は感情で即答できるものではないだろう。時間をかけて自分でどのような最期を迎えたいかを考えて、選択をする必要がある。そうでなければ、緊急時に回らない頭で答えることになるかもしれない。そうでなければあなたの代わりに、ご家族が決断をせまられることになる。実際に私が体験したことをご紹介しよう。数年前大病で入院し、手術の前日になって、医師が手術の詳細を話しに病室にやってきた。いろいろ署名する書類の中に、事前指示書があった。大切なことを決めなくてはいけないというのに、足元に医師が待っており、急がされている気になった。仕事で終末期における事前指示書は扱っているが、いざ自分が書くとなると、心の準備ができなかった。薬の影響で少しボ～ッとした頭でなんとか記入したが、患者の心情に無神経なこの医師に無性に腹が立ったのを覚えている。

5）人工栄養や水分を望むのか

人工栄養や水分をやめたら、「飢餓状態になるのでは」とか「脱水状態で苦しむのでは」と考える方が多くいるだろう。患者さんの状態が悪くなって口から食べられなくなったときに、家族が一番心配する点でもある。健康な状態であれば食べ物も水も口にしないというのは考えられないことである。これが終末期になると状況が大きく変わる。

身体への変化については第二条で触れた。身体は少しずつ自然に機能を低下させていき、お腹は空かなくなる。それを介護者の恐怖心や罪悪感で人工的に食事や水分を送り続けると、消化できずかえって身体への負担となる。水分が溜まって浮腫んだり、消化できなかったものが肺に入って誤嚥性の肺炎を起こすリスクも増える。身体というのは本当に正直でよくできているものだと思う。身体は自然に最期を準備するものだ。

私たちができることというのは自然の摂理の邪魔をせずに、安らかに旅立てるよう整えるお手伝いをすることだ。母は緩和ケアに入所する以前、「食べ物も飲み物も自分で口から取れなくなったらいらん」と話していた。入所の際担当医に人工栄養・水に関する質問をされ、母の意向を伝えたものの、医師からは「他のほとんどのご家族はそうされていますよ」と人工栄養や水分を勧められた。医師の一言は重くのしかかった。結局母の言葉を尊重した。そして母が亡くなってもしばらくは「間違ったことをして母を苦しませたのではないか」という思いを拭うことができなかった。後にホスピスに勤めるようになって、母の言葉を信じてよかったのだと確信した。母の判断は介護者として家族を家で看取ってきた知識と知恵だったのだろう。

ホスピスでも患者さんの身体がもう何も受け付けないにもかかわらず、無理やり食事を与えるご家族がいた。「食べる」という行為は身体に栄養を与えるだけでなく、私たちの生活にはいろいろな意味がある。心を満たしてくれたり、家族の団欒を作ったりする。一緒に食事を囲むことで心が打ち解けたり、親密になったりする。それができなくなるというのは、受け入れがたいものだ。スタッフはそんなご家族の気持ちを察して、時間をかけてお話をする。患者さんが食べたいときは食べたいものを工夫して、食べたい量だけさしあげるのが良い。それをコンフォートイーティングと呼ぶ。食べ物を口にする行為は身体の栄養のためではなく、心の安らぎのためだ。

6）誰を代理人に選ぶのか

事前指示書には代理人を書く欄がある。ほとんどの人は配偶者や長男を選ぶのであろうが、近年は単独世帯や高齢者世帯が増えて、代理人が同居していても患者さんの医療の選択を理解しているとは限らない。本人は延命を望んでいないけれども、代理人や家族がそれに反対をすることもあるだろう。代理人は、患者さんの意思表示をする能力が失われたときにその代理となって、意思を尊重してくれる人でなければならない。家族の同意が得られない場合、自分の医療の選択を理解して、サポートしてくれる人を選ぶべきである。そして医療従事者と終末医療の話をする際には同席してもらうことが大切だ。

ある終末期にある患者さんには十二人の成人した子供がいた。子供たちは仲が悪く、在宅でお母さんを介護する際にも、喧嘩が絶えなかった。心配したソーシャルワーカーの依頼で私が家族の支援に入ることになった。長女が代理人となり、なんとか残りの兄弟たちをまとめようと苦労している様子だった。仲は悪かったが、それぞれ母親のことを深く愛し、安らかに見送ってあげたいと望んでいた。もし患者さんがホスピスケアを望んでいても、子供たちの意見が分かれていたとすれば、話し合いに時間がかかったかもしれない。そして子供たちの思いを考慮して、患者さんが延命治療を選んでいた可能性もある。代理人は患者さんの気持ちを理解して、思いを汲んで共に歩んでくれる人を選ぶのが良い。

ＡＣＰ（人生会議）の流れ

　では実際にどのように医療従事者や家族との終末期医療に関する話し合いがもたれるかというと、まだ定着していない日本では様々なパターンが考えられる。ＡＣＰという言葉も少しずつ新聞やメディアで見るようになったが、一般市民の間ではまだそれがどのように行われるのか、誰がリードをとるのか、それがどういう意味を持つのかなど、実態が掴めないでいるだろう。ＡＣＰは命を考えるプロセスだということを覚えておいていただきたい。そしてこの話し合いは健康なうちにはじめておくのが理想的だ。まずは①自分の終末期医療について考える、②家族や代理人と話し合う、③主治医と話し合う、④記録に残す、⑤必要に応じて変更するという5つのステップにそって説明しよう[16)]。

自分の終末期医療について考える

　普段の生活の中ではなかなか考える機会がなかったり、あえて考えなかったりするものだ。人生の節目や、健康上の大きな変化があったときなどがいい機会だ。3月から新型コロナウイルスの話題が毎日ニュースで取り上げられている。この未曾有の感染症は年齢も性別も、人種も関係なく、あっという間に命を奪ってしまうということを私たちに見せつけた。死は私たちの近くにあるということを誰もが実感したはずだ。高齢者や、命を脅かす病気を抱えている人など重症化のリスクが高い人であれば特に、もしものときについて今、考えておくべきだ。その内容に関しては先に述べた。1）どこで最期を迎えたいか、2）命を脅かす病気になったとき、家族や医療従事者に伝えておきたい大切なことは何か、3）いつまで延命治療をしてほしいのか、4）心臓や呼吸が止まったとき、蘇生を願うのか、5）呼吸があるけれども、意識がないとき、人工栄養や水分を望むのか、6）自分で意思決定の能力がない場合、誰を代理人に選ぶのかだ。

厚生労働省のウェブサイトからも冊子を無料でダウンロードできるし、病院やクリニック、地方自治体独自で作っているワークブックなどもあるので、参考にされたい。そういった書式があれば、アンケート形式に質問に沿って進めていけば必要事項が記入できるようになっている。

自分の価値観や死生観などを考えながら、納得した答えを出すことが何より大切だ。答えは気が変わればいつでも変更できるということを頭の隅においておいていただきたい。家族の事情や、介護に関する不安などもあるかもしれないが、他の人の事情や都合は、次の段階ですり合わせていく機会がある。この段階ではまず「あなた」が何を心から望んでいるのか、またどう人生をしめくくりたいのかをしっかり考えてほしい。

家族や代理人となる人と話し合う

ワークシートや冊子が記入できたら、次のステップは家族や代理人となる人に話をしておくことだ。これらの書式は法的効力をもたないもので、記入しただけでどこかにしまっておくだけではあなたの意向が尊重されるとは限らないからだ。家族と話をする際、意見が異なる場合があるかもしれないということを考えておく必要がある。それはあなたの願いと家族の思いが違う場合もあるし、家族の実際の事情で願いが叶わない場合があるかもしれないからだ。

例えば家で最期を迎えたいと願っていても、家族が遠くに離れていたり、介護者の健康がそぐわない場合もある。さらに本人が延命を望んでいなくても、家族は1日でも長く生きることを願っているのを知るかもしれない。どちらにしても話してみなければお互いの思いは伝わらない。

こうして家族と話し合い、意見を交し、すり合わせ、お互いの心の中を相手に知ってもらうということが大切だ。そうすることで家族が憶測で、生死に関わる決断をすることを避けることができる。誰もが、かしこまらず自然な会話の流れで家族とこうした話ができればいいと望むであろう。しかしその機会を待っていても、それぞれが忙しさにまぎれてやってこないこともある。

それならば「こんな冊子（ワークシート）を病院（市役所）でもらって記入してみたんだけど、話しておきたいから時間ある？」とこちらから声をかけてみてはどうだろう、複雑な感情を伴う話し合いになる可能性もあるので、お互いが時間をとってゆっくり話ができる休みや週末などに時間を設定するのがいいであろう。

主治医と話し合う・記録に残す・変更をアップデートしておく

自分の病気が命を脅かすもので、人生の最終段階においての意向について自分なりに考え、家族にも理解をしてもらっているとしよう。

次は主治医との話し合いである。通常の診療時間の中では時間が足りないこともあるので、終末期の医療に関して話がしたいということを事前に伝えておくのがいいだろう。延命治療をしない場合、どのような医療やケアの選択があるのか、在宅での支援などについても詳しく聞いておきたい。

そして時間が経って何らかの変更がある場合は、速やかに書類を変更するのを忘れないようにしておく必要がある。

旅立つ前に、家族に残しておけるものがあるとしたら、何があるだろう。それは遺品や、財産など物質的なものとは限らない。

旅立つ人が家族のためにできることは、人生の物語を残しておくこと。その人の歴史は家族の歴史でもあり、お金に代えることができない宝物となる。その人の生きた証の物語によって、家族は、肉体が失われた後も強い絆で繋がっていくことができる。そしてそれは悲しみを乗り越えていくための大きな力にもなる。

そして最終章において、医療の選択について準備をしておくことがある。本人が望んだ選択であれば、家族もできる限り支援をしたいと思うであろう。最後まで病気と戦い延命することがいい選択だったのか、それとも早い段階で緩和ケアに切り替えておくのがよかったのかなど、あれこれと想像して罪悪感に押しつぶされそうになることほど残念なことはない。それがトラウマとなり一年経ってもまだ深いグリーフに苦しむご遺族のカウンセリングに関わった経験があるが、その苦悩を防ぐ手立てがあったことを考えるとさらに後悔がつのった。

よく患者さんやご家族に「大変なお仕事で、嫌になりませんか」と問われることがあった。ホスピスケアは深い悲しみと同時に、それ以上に深い愛情に触れる仕事でもある。最終章は深い愛情と失われることのない絆を確認する時間であり、私たち終末医療に関わる人間はその神聖な時間をともに過ごさせていただくのだから、「嫌になるどころか、愛情のおすそ分けをいただいている」とお答えする。

第五条　終末医療について知る End of Life Care Choices

終末医療って何？

私の母が２００９年に肺がんで亡くなったとき、最後に受けた医療は何だったのか。延命をもうしたくないという母の意思で、私がアメリカからオンラインで探していたのはホスピスだった。正直そのとき私には緩和ケアに関する知識は一切なく、ホスピスケアに関してもかなり限られたものだった。母が入院したのはある病院内にある緩和ケア病棟であった。そこで母は私が想像していた「ホスピスケア」を受け、穏やかに亡くなった。

ホスピスだと思っていたものが緩和ケアと呼ばれていた訳だが、思った通りのケアを受けることができたので、日本ではこの謎を追求しないまま放ってあった。後に医療というのは世界共通というわけではないと気がついた。国や文化が違えば医療制度や保険制度も違う。アメリカでホスピスと呼ばれるものが、日本で同様に提供されていると思っていたのは大違い。それはこの分野がまだ比較的新しい医療領域だという理由もある。

新しい領域ということはその専門医もまだ限られている。

病院はどこかが悪くなってそれを治しにいくところで、病院＝延命治療という方程式は、医者や一般市民の間で揺るぎない。医師はほとんどの人が命を救い、病気を治すことに意義ややりがいを感じているのだろうと思う。それが治さない、救わないとなれば、医師としての存在やアイデンティティーも変わってくる。

一般市民の間でもこうした緩和医療に関してはなかなか認知が広がりにくい。命を脅かす病気だと診断されても、まるで延命することが生を受けたものの責任のように、医師も患者も治療に全力をつくす。治る可能性がなくても、それ以外の選択が思いつかないばかりに、身体に負担になるような治療や検査を我慢する。それは死への恐怖感や、命の限界を考えたくないという思いの現れかも知れない。私の家族の場合も母が治療をやめると言わなければ、最期は救急車で病院に運ばれて、亡くなっていたのだろう。

日本の緩和ケアは2006年にがん治療の質の向上を図るための法律ができたことから、発展し、それに伴い病院にはホスピス・緩和ケア病棟ができ始めた。しかしその試行錯誤の中で、統一されていないことも多く一般市民の混乱を招く。ホスピスという言葉を使っているところもあれば、同様のケアを緩和ケアと呼んでいる病院もある。これはホスピスという言葉は外来語で、日本人には死ぬ場所という先入観があったり、ピンとこなかったりするだろうという配慮があるのだろう。母が入院した病院では緩和ケアと呼んでいた。日本では緩和ケアとホスピスケアが同義語で使われていることがあると後で知った。母はラッキーだった。もし早くに悪くなっていたら、このケアが受けられていなかったかもしれない。

近年、緩和ケアは外来でも行われている。本来世界保健機構の定める緩和ケアの定義というのは命を脅かす病気に直面している患者さんのあらゆる苦痛というものの緩和を目指しており、年齢や病気や予後は関係ない。そういう意味では緩和ケアは延命治療を受けている人が並行して受けることができ、ホスピスのように予後6ヶ月に限らない。命を脅かす病気になっても、病気と共存して生活をする人も増えてきており、緩和ケアは延命治療を受けながら、身体の痛みや辛さを和らげる大きな役割を果たす。

さらに緩和ケアは在宅でも受けられるようになった。主治医が地域の医療提供者と連携してケアを提供する。患者さんは住み慣れた家で、家族に囲まれて最期の時間を過ごすことが可能となる。ここでは在宅緩和ケアと在宅ホスピスケアは同義語に使われていることがある。


一般的な延命治療と緩和ケア・ホスピスで大きく異なるのがケアに関わる医療従事者が増えるということであろう。一般的には医療に関わるのは医師で、看護師は補助的な役割をするというイメージであるが、それはあくまで医療を身体・肉体に関わるものととらえることからくる。緩和ケアのベースになる理念は、人間が命を脅かす病気になった場合その苦しみは身体的なものだけでなく、社会的なもの、精神的なもの、スピリチュアルなものにまで及ぶというものだ。これまでの身体を治療するという医学モデルから、人間を診るという医療に大きく変わってきている。

このようなケアモデルに多くの人は慣れていないため、せっかく包括的なケアを提供しようと様々な分野で専門家がいるのだが、利用する人はまだ少ない。心のケアにおいて日本では心の問題や葛藤を他人に話すということにまだまだ抵抗があるため、一人で抱え込んでしまう人が多いが、精神面、社会面、スピリチュアルな面も含めてオールラウンドなケアを目指すのが緩和ケアやホスピスケアの特徴だ。

チーム医療において日本はまだ欧米のスタンダードに追いついていないという印象がある。家族として母の緩和ケアに関わった経験では、ケアの中心になってくれていたのは看護師さんたちだった。彼女たちはたまたま緩和ケア病棟に配属されたというわけではなく、終末医療に携わりたいと志してきた人たちだった。まだ緩和ケアやホスピスケアに知識がなかった私は、高い志を持ってケアに関わっている若い看護師さんたちの話を聞きながら、心を打たれた覚えがある。

後にハワイでホスピスケアに携わって患者さんへの訪問をした際に「人が落ち込む話ばかり聞いて、大変なお仕事ですね」と言われて、昔の自分を重ねていた。母の担当をしてくださっていた看護師の方々に同様の思いを抱いていたからだ。ホスピスの同僚を含め、終末医療に関わっている医療従事者は、自分の人生経験や喪失体験から、選んで医療に携わっている人が多いということを知った。日本で出会った看護師さんたちからは、人生経験をうかがうことはなかったが、それは心のこもったケアからうかがえた。

米国の緩和ケア・ホスピス事情

米国では病院で提供される緩和ケアと、在宅医療であるホスピスケアは役割がはっきり分かれている。緩和ケアの大きな特徴としては延命治療と並行して受けることができ、予後は関係ない。痛みの緩和を目的に、様々な専門家がチームで支援する。最後まで延命治療を望む方もいるし、ホスピスケアが視野に入ってきてはいるが、まだ気持ちの準備ができていない患者さんや、ホスピスの条件にあてはまらない人にとっては身体への負担を考慮した医療だ。多くは病院に入院したり、外来で緩和ケアを受けるが、それが可能でない方は介護老人保健施設や、特別養護老人ホームのような公的施設や、老人ホームなどの民間施設でも受けることができる。

緩和ケアを提供する病院は年々増えており、2019年の段階で50床以上の病院の72%に緩和ケアプログラムが存在する。しかしながら広大なアメリカでは都市部と地方でかなり差があり、都市部の50床以上の病院では90%ほどが緩和ケアを提供していたが、それが地方になると17%まで低下している[17]。

ハワイ州では病院の緩和ケアチームと連携することがあった。ある時病院のソーシャルワーカーから連絡があり、ホスピスを紹介したいが、患者さんには小さい子供さんがいるので、できるだけ早く介入してほしいとリクエストがあった。ホスピスチームにとっては初めてお会いする方々だが、病院の緩和ケアチームは患者さんや家族のこともよく把握してケアに当たっているため、情報提供は支援する上で欠かせない。

別の例では介護している息子さんが精神的に不安定なので、ホスピス入所の際には気に留めて支援をして欲しいという連絡があった。全米ホスピス・緩和ケア協会のデータによると米国では約4分の1の患者さんがホスピスに入所された週に、50％以上が1ヶ月以内に亡くなっているという厳しい現実がある。[1)]患者さんの望むケアを最期まで提供するために、こうした紹介施設や病院との連携や協力は欠かせない。患者さんのプライバシーに配慮しながらも、組織を超えたコミュニケーションは、医療レベルの移行をスムーズに行い患者さんやご家族の負担を減らすことに大きく貢献する。

ホスピスケアは二人の医師が余命6ヶ月と診断した患者さんであれば、どの病気の人でもケアを受けることができる。対象は延命治療をせずに自然の摂理に従って終末を過ごそ

う と決めた方々である。大きな特徴は、65歳以上の人が任意で加入できる公的保険で医療が100%負担されるところだ。この保険によってホスピスケアを受けた人の数は毎年増えている。2020年のデータによるとホスピスケアを受けたがんの患者さんは約29%、ついで心臓・循環器系の疾病が約17・4%、認知症が15・6%だった[1)]。年々認知症が増える中、ホスピスケアを受ける患者さんの中でもその傾向が反映されている。

保険ではホスピスチームによる訪問やケア（24時間のオンコール含む）、レスパイト、診断に関わる薬剤、医療器具、医療用品などが負担される。基本的にホスピスケアは在宅で提供されるが、長期で介護施設などにいらっしゃる場合は、チームがお邪魔してケアを提供する。ホスピスケアもチーム医療だ。医師を始め、看護師、介護士、ソーシャルワーカー、チャプレン、カウンセラー、ボランティアなどが支援する。緩和ケアと大きく異なるのは、ホスピスケアの中には家族への心のサポート、遺族ケアなどが含まれていることだ。

ホスピスケア

ハワイ州はホノルルのあるオアフ島と、カウアイ島、モロカイ島、マウイ島、ラナイ島、ハワイ島の5つの隣島でなる。日本人に一番馴染みのあるのがワイキキのあるオアフ島だ。私が勤めていたホスピスはそのオアフ島のホノルル市にあった。事務所には管理職員や事務スタッフが駐在している。私も含めケアに直接関わるスタッフたちは基本的に一日中外で患者訪問しているため、コミュニケーションは電話やテキスト、メールとなる。事務所に寄るのは、医療用品を取りに行ったり、ケアミーティングなどの集りがあるときくらいだ。

私は車の運転は決して得意ではないが、島を車で駆け巡るのが好きだった。街中は停滞するため、時間がかかったり、駐車場を探すので手間取ったり、いらないストレスがあったが、一度街から離れると海と山の景色が広がり、ハワイアンミュージックをBGMに、風を顔に感じながらのドライブはのどかで、心を落ち着かせてくれた。

そしてこののどかな風景のように、ハワイは人ものんびりしている。ニューヨークから引っ越してきたばかりの頃は、他人にも笑顔で話しかけてくるハワイの人に違和感があったものだが、いつしかそれが心地よくなり、気がついたら自分もそうなっていた。訪問先のご家族が帰りに自家製のお漬物を持たせてくれたり、庭で取れた野菜やフルーツをくれたり、心が温かくなる人付き合いが文化の中にある。

一般的に日本人は他人が家に入るというのを好まない人が多い。それは医療者や介護者であってもだ。実は私もそうだった。自宅というのはプライベートな空間だ。同じ服を何日着ていようが、家の中が散らかっていようが、関係ない。しかし他人がやってくるとなると、そうもいかない。

ところがハワイの人たちはオープンで、毎回私たちチームを迎え入れてくれた。それどころかまるで顔見知りが立ち寄るのを楽しみに待っていてくれているような歓迎ぶりだった。それはケアを受けているのだから当たり前だと言ってしまえば、そうかもしれないが、私たちはそう受け取らなかった。患者さんのプライベートで神聖な場所に招いていただいているという謙虚さを忘れてはならないと肝に銘じていた。実際に生活の場を垣間見たり、ご家族に会ってお話を聞いたり、一緒に心配したり、ときには笑いあったり、涙ぐんだり、まるで家族の一員のように感じることもあった。それは患者さんと医療従事者という枠の中にアメリカ人であってもありながら、人間と人間との深い繋がりによるものだ。
ハワイは異文化が豊かで、日系、中国系、韓国系、フィリピン系、白人、ベトナム系、黒人、サモア人、マルチレーシャルな人など異なる文化や慣習を持つ。そして様々な社会階級の人が共存している。プール付きの大豪邸にお邪魔することもあれば、車で入れないんじゃないかと思うぐらい狭い路地の奥の奥にある古いアパートに住む人もいる。ホームレスの人もいれば、ボートで暮らしているような人もいた。安全が危惧される場所もあったがスタッフはどんなところでも勇敢に出かけていく。

その根底に確固としてあるものがある。それはどのような生活環境や、家庭環境にある人であっても、一つ一つの命に価値や意味があると信じてやまないことだ。その方がたとえ価値のない人生だと思っていても、命を粗末に扱ってきた人であっても、私たちはその命を隔たりなく丁寧に、大切に扱ってきた。見た目や、性別、宗教、過去の行い、社会的地位など全く関係ない。入所するまでホスピスケアが何かを知らない人がいても、「もっとはやくあなたたちにケアをしてもらえばよかった」と言ってくださる人が後をたたなかったのは、スタッフのこういった思いがケアに込められているからだろうと思う。

命の尊さを知的に語るのは簡単だ。私の仲間たちはそれを言葉ではなく、行動で伝えていた。そうしたスタッフと共に仕事をすることで、心を動かされ、ホスピスケアの本質というものを身をもって学んだ。ホスピスケアとは人生の集大成ともいえる終焉に自分の命の尊さを学ぶための場所のような気がした。

日本の緩和ケア病棟で亡くなった母は「お姫さんみたいに扱ってくれはる」と居心地悪そうに、恥ずかしそうに話していたのを思い出す。これまで専業主婦で夫や子供たちのために人生を生きてきた人だった。緩和ケア病棟では、自分が与えられる立場になり、他人である医療従事者に心のこもった世話をしてもらうことをどう捉えていいのかわからないでいるようだった。母が「お姫さまのように」扱ってもらっているということに、どれほどの安心感と感謝の思いを感じたかわからない。家族の中では父や子供たちが優先で、自分を一番後に考えていた母に、「お疲れ様」と神様がご褒美をくれたような気がした。

命の学びがどうその人に影響を与えるかは様々だ。その価値に気付いていなくても、尊厳をもって扱われることで、改めて自分の命の重みや意味を再確認すると共に、感謝と愛情に満たされて旅立つ人に何人もお会いした。それは私たちが訪問するとほっとしたように見える表情であったり、愛情のこもった優しい眼差しであったり、話しかけてくれているような手の握り方であったり、言葉ではない心の対話から伝わった。

ホスピスでは一緒に仕事をする仲間から大きな影響を受けた。いつも入れ替わり、すれ違いで訪問することが多い中、看護師の訪問がどれほど心のこもったものであったのか、どれほどチャプレンの一言に心が救われたのか、どれほど医師の的確な説明に安心感を覚えたのか、どれほどソーシャルワーカーの助けで家族の負担が軽減されたか、耳に入ってくるものである。こうした経験と知識のある仲間たちが頼り合って、支え合って、肉体、心、魂のレベルでの苦痛の緩和に努めていく。それはどんなに優れたスタッフであっても一人ではできないことだ。苦しいことも、辛いことも、悲しいことも、お互いの存在があることで、常に死に向き合っていくことができるのだと思う。以下ではケアチームの仲間とその役割を紹介する。

ケースマネージャー（看護師）

施設や病院から紹介があった場合、まず入所担当の看護師が訪問して、ホスピスケアについて説明する。同意があって、二人の医師が認定して手続きがすむと入所となる。入所が決まると、すぐにケースマネージャである別の看護師が訪問して状態を見定め、必要な薬や、医療器具などの手配を始める。それによって今後のケアの方向性や目的などを含めたケアプランを立てる。その後は週1回から数回訪問して、症状が緩和されているかどうか評価し、そうでなければ医師を通じてタイムリーに薬の調整をする。家族とも時間を過ごし、介護に関する疑問や不安を聞き取る。看護師は状態によって毎日訪問することもある。

終末期には血圧や体温、皮膚の色、呼吸にも変化が現れる。私は母が緩和ケアでお世話になっているとき、それが終末期の典型的な身体の変化とは知らず熱が出るたびに、辛いのではないかと不安を募らせた。ホスピスではご家族には事前にこうした話はしておくが、一人で介護されている家族だとどうしても不安になる。夜や週末、祝日にはオンコールの看護師が対応しており、いつでも訪問ができるように待機もしている。

ケースマネージャーでもある担当看護師は、ケアの全体をとらえなければならない。必要であれば身体的、社会的、精神的、スピリチュアル面での患者さんの苦痛というものに気を配り、専門スタッフを介入させ、苦痛がどう緩和されているかということを把握していく現場監督だ。看護に関するスキルだけでなく、それぞれの専門スタッフの役割や、チームを管理する能力も必要となる。患者さんやご家族からの質問や疑問にも対応できるように、常に他のスタッフとコミュニケーションをとって情報をアップデートしておかなければいけない。

ソーシャルワーカー

入所後看護師の後、すぐに訪問するのはソーシャルワーカーだ。その際に終末期用の事前指示書の記入のお手伝いをしたり、葬儀に関しての意向も聞き取っておく。最初の訪問にこういう話をするのは、不躾な感が否めないが、いつ急変するかわからない患者さんもたくさんいらっしゃるので、状況をみてタイミングを見極めるのも技術と経験がものをいうところだ。ソーシャルワーカーはご家族の不安や葛藤などを詳しく聞き取り、関係を築く中で、支援をすることもあれば、複雑な場合は、カウンセラーが介入することもある。自宅では介護していくのが難しいというときには、その他の方法を一緒に模索する。高齢の配偶者が介護者となっており、子供たちが離れたところに住んでいる場合、子供たちを含めた話し合いを持って、子供たちが介護者となることができるのか、できない場合は、金銭的な負担は可能かなど家庭の事情や都合にも、かなり深く介入していく。

介護者が自宅で介護をするのが不適切で、すぐに施設を探さなければならなくなったときもソーシャルワーカーが活躍する。書類の手続きや、保険会社とのやりとり、施設でのベッドの空き情報の確認などは、ややこしく、手間がかかるため、知識のあるソーシャルワーカーが介入することで、タイムリーに対応していくことができる。

ソーシャルワーカーはカウンセリングの知識もあるので、患者さんやご家族の心の状態にも敏感だ。ストレスや心の痛みの深さや症状によって、どの専門のスタッフが介入するのが良いのか見極める。

介護士

介護士は患者さんの身の回りのお世話の達人だ。週に二、三回訪問する。その手際の良さと、技術にはいつも驚かされる。食事の世話、トイレやシャワーの世話、着替え、おむつの交換、シーツ交換など、触れながらお世話をするので、患者さんの一番身近なところで支援するスタッフだ。たまたま訪問が重なってその仕事ぶりを見せてもらったことがあるが、手際がよくて、私などが下手に手伝おうなどとするとかえって邪魔になる。その手際が良いというのが何より彼らがプロである理由だ。丁寧かつ迅速。寝たきりの患者さんであれば、おむつやシーツの交換の際、身体の位置を変えながら交換していく訳だが、身体が悪ければかなり体力を消耗する。それが最小で済むように、できるだけ手早く済ませる。

そして人の身体を動かすというのはスタッフの身体の負担にもなる。なるだけ腰を痛めないように身体を使う。ベテランになれば、楽しいおしゃべりをして、患者さんの気をそらしながら手を動かしていた。介護士の前では患者さんは裸にならざるを得ない。それによって複雑な思いが湧き上がる。恥ずかしさ、申し訳なさ、無力感、絶望感、嫌悪感などで消えてしまいたいような気持ちになるかもしれない。それをよく理解していて、自分の家族のような親しみで触れていく。

身体をまかせられる介護士には心の中も打ち明けられる。普段他のスタッフが訪問で聞き取れないような心の悩みも、よく把握している場合が多い。私が一番信頼を寄せていたスタッフたちだ。

医師

日本ではケアは医師が中心となって提供されるが、欧米のホスピスでは医師はケアを統括する役目で、現場監督はケースマネージャーだ。必要に応じて訪問はするが基本的には現場はケアマネージャーを始め、専門スタッフに任せられている。ケアミーティングではスタッフの報告に合わせて診断したり、薬を処方・調整したりする。医師の補助的な役割をするために、上級看護師がいる。高度な専門知識を持っており、診断や薬の処方ができるため、医師の代わりに訪問をしたりする。ケアプランなどを立てたり、それをアップデートしたりするのはケアマネージャーの役割で、医師はそれを補助する立場だ。必要な助言をし、スタッフを支援する。

ホスピスではこれまで多くの医師と仕事をしてきたが、ホスピスのチーム医療に慣れていない医師や、トップダウンでチームを管理しようとする医師は、自分の判断で独断的に指示を出すという人が多く、チームが育たなかった。それに比べて自分が総合監督に徹し、現場のスタッフとコミュニケーションを円滑にとり、スタッフを支えながら必要に応じて現場に関わるというスタンスの医師は、スタッフからも頼られ、信頼関係も厚かった。コミュニケーションスキルの高い医師は、他のチームメンバーの経験や知識を同等にレスペクトし、仲間の一員としてチームをまとめる。

チャプレン

米国のホスピスのチャプレンはキリスト教を信仰している人が多い。これはアメリカが70%キリスト教徒の国だからというのがあるだろう。その点ハワイはアメリカの中ではアジアからの移民が多いため、仏教寺院が多くある。私の勤めるホスピスではカトリックのシスターやプロテスタントのチャプレンが数名いた。仏教徒の患者さんに関しては、地元の寺院と連携をし、支援をお願いしたりした。

チャプレンというと宗教色が濃いイメージがあり、誤解を受けやすいが、スピリチュアル＝宗教ではない。人間は本来スピリチュアルな存在だ。スピリチュアリティーは宗教を超えて、私たちの中に存在するもので、私たちの人生を心豊かなものにしてくれるものだ。

スピリチュアルな面の葛藤や不安は、薬では緩和されることがない。宗教を持つ人であれば重病になったり、命を脅かされる病気になって、神様に裏切られたと感じたり、何かの罰を受けたと思うときもある。宗教あるなしにかかわらず、人生の価値観への問いかけや、死後への恐れなどもある。チャプレンはこのような不安や葛藤に寄り添う。

グリーフカウンセラー

グリーフカウンセラーはグリーフ（悲嘆）への支援をする心理療法士だ。ホスピスに入所される患者さんは、そこに至るまでにすでにいろいろなものを失って、手放してきている。それは目に見えるものもあれば、目に見えないものもある。健康や身体的な機能は言うまでもない。自宅を手放して施設に移った人であれば、失ったものは家だけでなく、馴染みのある家具や思い出の品々、慣れ親しんだ空間がある。その他日常生活やルーチーン、自由、プライバシーなど数えきれない。耳が遠くなれば、人と電話で繋がることも難しくなり、家族や兄弟、友人などと気軽に話せなくなる。死を生きるというのは、人生で与えられたものを、一つ一つ手放していく作業だ。それが患者さんにとってどれほど大切なものかで、心の痛みの深さも異なる。この別れの作業の中で自分の身体や、自分が生きた歴史や証や愛する人たちを手放していく。グリーフカウンセラーはその別れの作業に寄り添う。

この作業は、命に限りがあると告げられたときから始まっている。そう考えるとできるだけ早い介入が求められるが、入所段階での患者さんの状況や状態も様々だ。まず身体的な痛みの緩和が一番大切な治療の目的になるときもあるし、まずは安全にケアができる場所の確保が急がれることもある。患者さんの状態が芳しくなくて、人と話すことが難しいときもある。そういうときは様子を見ながらの介入となる。さらに患者さんの中に慢性の精神疾患を持っている人もいる。終末期には症状がひどくなったりすることもあるため、心のケアは一層大切だ。

グリーフは患者さんだけが体験するのではなく、見守るご家族にもある。そのためご家族の心の状態や、ストレスにも目を配る。ホスピスにはアートセラピーを学んだグリーフカウンセラーもいたため、小児の患者や、兄弟など子供への心のケアも提供していた。

グリーフは死後も継続する。そのため遺族対象に約1年に亘ってグリーフケアも提供していた。ニーズによって個別カウンセリング、家族カウンセリング、遺族会、アート・プレイセラピーの他に電話や手紙による見守りを行っていた。カウンセリングのような介入を必要としない遺族であっても、たまに電話で話すことで、それが故人の思い出を語る機会となり、喜ばれた。お悔やみのお手紙には関わったスタッフ全員が一言言葉を添えた。これは遺族に心の安らぎを与えただけなく、ケアに携わったスタッフが故人を偲び、遺族と繋がることで心の癒しにもなっていた。

その他のセラピスト

上記のスタッフの他に、様々なセラピストがいた。米国本土にあるホスピスやハワイ中のホスピスの中でも珍しく、患者さんに大人気だったのが、マッサージセラピーだ。週に一回訪問して、患者さんの状態に合わせてマッサージも調整する。身体が悪いといろいろなところが凝るし、寝ていることが増えれば尚更だ。それを優しくほぐしてもらうことで、身体的な痛みや辛さが緩和される。私が3週間病院に入院したときは、ベッドや枕があわず腰が痛くなった。知り合いのマッサージ師に出向いてもらって施術をしてもらったときは身体中の緊張がほぐれるようだった。術後などはシャワーを浴びることもできず、常に冷房が効いた病室では身体がいつも冷えている。マッサージをしてもらうことで血行も良くなり、身体がリラックスして、その日はよく眠れたのを覚えている。どの緩和ケアでもホスピスケアでも、取り入れてほしいケアだ。

音楽療法

音楽というのは誰でも、どんな状態でも楽しむことができる。大好きな曲を聞くことでストレス解消につながることもあれば、大好きな曲を歌うことで昔を懐かしんだりして心が躍る喜びを感じる人もいる。クリスチャンの人であれば、賛美歌を口ずさんだりすることで信仰を深め、神様と共にあると感じることができるであろう。耳で楽しみ、身体の波動で楽しむ。音楽療法士は患者さんにとって意味のある音楽の楽しみ方で、心を和らげてくれる。マッサージセラピストが身体に触ってストレスをほぐしてくれるように、音楽療法士は音楽を使って心をほぐしてくれる。

アメリカのドキュメンタリー「ALIVE INSIDE」[18]には音楽によってもたらされた奇跡が描かれている。施設で10年暮らす高齢のヘンリーさんは、人に話しかけられてもほとんど反応せず、いつも車椅子の机に顔を伏せてプレイルームの隅に座っていた。それがiPodで昔大好きだった音楽を聴いたことで、口ずさむようになり、さらには人と会話したり、感情を表現したりするようになった。音楽はこうした奇跡を起こすばかりでなく、そのころの思い出や、記憶を蘇らせる。私は音楽療法を正式に学んだことはないが、音楽を愛する人間として、患者さんと歌を歌うことがある。患者さんは歌を通して自分の人生を重ね、その当時を懐かしく思い出す。歌にまつわるお話をうかがうのも、楽しいひとときだった。

ボランティア

ホスピスでは多くのボランティアの方が活躍していた。ホスピスケアにおいては、ケアチームの一員として扱われ、様々な重要な役割を果たす。軽い家事やお掃除、お庭の手入れ、ペットの世話、ヘアカット、通訳、付き添い、アロマセラピー、ペットセラピーなど患者さんに関わることもあれば、事務所で事務のお手伝いなどしてくださる人もいる。その方の経歴や経験によって、それを発揮していただきながらお手伝いをしていただく。ボランティアになるためにはきちんとしたトレーニングを受けていただいて、最低2年はお手伝いいただけるようお願いしている。

ある遺族は中国語しか話さない人だった。そのため、中国語が堪能なボランティアの方にお手伝いをいただきながら、カウンセリングを行っていたことがある。通訳会社を通せば、お金もかかり、手続きなど時間がかかることもあるが、インハウスのボランティアの方であれば、無償でお手伝いくださり、時間も柔軟に対応いただけるのが大変ありがたかった。

患者さんの要望やニーズに応じて関わるスタッフの数は異なってくるが、通常これだけの異職種スタッフやボランティアが現場で同時に動いている。関わる人数が多くなればそれだけ、同時に顔を合わせる機会も限られ、コミュニケーションやスケジュール管理が大変になりそうなものだが、電話やメール以外にテキストなどを使いこなすことで、問題だと感じたことはなかった。逆に有利な点は、これだけの役割分担ができているということは、ケアが一人や二人にのしかかることがなく、協働することで、きめの細やかなケアが可能となっていた。

医療従事者の中には、「患者には感情移入をなるべくしない」ということを信念にしている方もいるだろう。命を扱う仕事なので、いちいち感情に左右されていれば、精神的にも辛いし、客観的な判断の妨げになると危惧されるのかもしれない。カウンセリングの世界でも、できるだけ中立的な立場を守り、相手の気づきを促すために、共感を示しながらも精神的に一定の距離を置くことがよしとされている。ホスピスケアに関わるようになってその距離感というものについて改めて考えさせられた。医療従事者としての倫理の枠は大切にしなくてはいけないが、自分は医療を提供するもので、相手は医療を受けるものという縦の関係はもうない。一番大切なのは医療従事者でありつつも、一人の人間として接するということであった。ときには自分の経験を話すこともある。一緒に涙を流し、抱きしめることもある。惜しみなく愛し、惜しみなく悲しむ。それが人間としての自然な営みだからだ。そこに私が目指していた医療というものがあり、それを実践している仲間たちがいた。

第六条　別れのカタチに触れる　Art of Saying Good Bye

人の数だけ、別れのカタチがある。自分が人生の終焉に近づいているとき、「あぁいい人生だった」「もう心残りはなにもない」という人は、どのような終末を過ごし、どう別れの準備に望んだのだろうか。それには私たちの本質というものについて触れる必要がある。私たちが、私たちであるための存在の証や意味は、肉体にあり、これまでの人生経験にあり、愛する人たちとのかかわりにあるのではないかと思うようになった。そして別れというのはそれぞれに対して自分なりに納得をつけて手放していく作業だと考えるようになった。

グリーフカウンセラーである私は、別れの中で感じる葛藤や、不安、恐怖など妨げになるような感情や、人間関係、過去の経験に折り合いをつけるためにその人の物語に耳を傾ける。ホスピスのチームはそれぞれが専門知識を持ってケアにあたるが、そのプロ集団のすごい所は、自分の専門分野でなくても豊かな経験から深い知識と理解を持つことだ。例えば、私は心の専門家であるが、痛みの緩和に関する悩みや、家族の負担を軽くするために介護施設への入所に関する葛藤、また死後への恐れなどを打ち明けられることがある。身体的な痛みの緩和は医師や看護師の領域であるし、施設でケアを受けたいということであればソーシャルワーカーが手続きの支援をする。また死後の不安であればチャプレンがふさわしいものだ。

けれども私で答えられる範囲の質問や疑問には対応し、傾聴し、必要であれば専門スタッフに支援やフォローアップを依頼する。決して「それは私の専門分野じゃないんで、医師（看護師）に聞いて下さい」とは言わない。正しい臨床判断や詳しい評価は専門のスタッフに委ねるとしても、私はその不安や葛藤のさらに奥にある意味を考える。薬の作用で、大好きな孫が会いにきてくれるのに寝てばかりで悲しいなどという話を聞けば、お孫さんとの関係性や思い出について伺ったり、その悲しみに耳を傾けるが、看護師にもつないで、薬を調整するのが可能かどうか話し合う。施設へいくことを考えているということであれば、ご家族とも話し合いをしながらソーシャルワーカーとも連携をする。死後の不安や恐怖に関して、信仰のある方であれば、チャプレンに話をしてみないかと勧めるであろうが、そうでなければ、せっかく私に打ち明けてくれたのだから、その関係性を大切にして、その方にとってのスピリチュアリティや大切さやその意味をうかがう。

他のスタッフに関しても同様だ。患者さんと一番いい関係を築いている介護士であれば、他のスタッフには話さないような悩みも耳にするであろう。患者さんにとってある意味一番、落ち着く話し相手はこの介護士なのである。「いや、私、心の専門家じゃないんで、カウンセラーつれてきます」とはならない。たとえ心の専門家が介入しなくても、いい関係を築いているスタッフに話を聞いてもらうだけで、心が晴れたり、励まされたりするのだ。

それぞれのスタッフは自分が対応できる限界と、専門家の方がいいケアが提供できる境界線も理解している。そしてケアミーティングで自分が行っている支援や懸念なども報告し合う。本来の自分の仕事の支障にならないように、そのバランスをうまく取りながら、協働し、助け合っている。これは一緒に仕事をする中で育まれるチームワークと信頼関係によって生まれる連携だ。何よりスタッフは職種にかかわらずお別れの支援をしているという自覚がある。そのお別れが少しでも平安や安らぎをもたらすものとなるように心を尽くす。

別れの準備を整えるとき

別れが意識されはじめるのは、かかりつけの主治医に命に関わる病気だと診断されたり、治療の効果が見られないと宣告されたときであろう。欧米では延命治療をしながら緩和ケアやホスピスケアが視野に入ってくる。延命治療から、緩和ケア、そしてホスピスケアへと移行していくプロセスは、お別れの準備そのものだ。寿命を延ばすことだけにエネルギーを注いできた人が、最期を意識しながら、生きるようになり、終末期にはこの世のものを手放す準備をする。

肉体との別れ

私たちが生まれたときからともにある身体。私たちはこの身体とともに成長し、身体があるゆえにその喜びも苦しみも経験してきた。健康なときはそういうこともあまり考えず、豊かな現代社会で知的活動が増え、身体との付き合いよりも、頭の中で生活することが多くなった。病気になると、身体のサインに敏感になり、身体がともにあるということを思い知らされる。そんな愛着のある身体に別れを告げるときがくるという現実は受け入れ難く、苦しみが伴う。終末期は衰えていく身体との別れを惜しむときだ。

ハワイ州ホノルルにあるクイーンズ・メディカル・センターで緩和ケア医として仕事をするラム・ウェン医師とは何度か仕事でお会いしたことがあった。初めての出会いはあるホスピスの患者さんの訪問をしたときだ。ウェン医師は患者さんの主治医で、寝たきりになった患者さんとiPodで話しているところだった。ゆっくりとした優しい口調で穏やかに語りかけるウェン医師と話すことで、患者さんやご家族が安心して、リラックスしているのが手に取るようにわかった。ウェン医師が普通の医師とは明らかに異なると感じたのは身体的なことだけでなく、心の状態や、ご家族への気遣いなど、まさしく緩和ケア・ホスピスケアが目指す包括的な診察をされていたからだ。この本を書くにあたって、彼に会って話を聞いてみたくなった。心よく承諾して下さり、彼の緩和ケアに対する思いや現場での豊かな経験などに触れることができた。彼はこう話した。

「典型的な医師の役割というのは人の身体を診ることだ。痛みや、息苦しさを緩和すること。まず身体の痛みを何とかしないと、それが大きな苦しみとなり、その他の苦しみにもつながるからだ。しかしそれはケアのほんの一部だ。一般的に患者さんは末期のがんであったり、延命治療の効果が見られなくなって、主治医に紹介されて僕のもとにやってくる。ホスピスケアについて話したり、余命に関して説明したりするためさ。だけど初診でいきなりこういう話はしないんだ。まずは患者さんのことを知る努力をするよ。どんな人なのか、どんな思いでいるのかに気をとめて話すんだ。だから主治医が期待するようなことは一言も話さないときもあるよ」

彼の優しいほほ笑みに、自然と私も笑顔がこぼれ穏かな気持ちになった。きっと患者さんも彼と話しているとこんな気分になるんだろうと想像しながら、続きを聞いた。

「同席した家族が患者さんの体重が減っているのが心配だといったんで、初診の僕の処方は栄養補充ドリンクだけだったときもあるよ。一番大切なことは患者さんを理解して、いい関係を築くことなんだ。人を助ける立場にいる人間は、まず相手がどんなことに対して助けを求めているのか、何を心配しているのかを知るべきだろう?」

「主治医が緩和ケアに関してどんな説明をしているかわからない。もしかしたら、もう医療の手立てはないから緩和ケアチームを紹介するなんて言われているかもしれない。実際患者さんの中で緩和ケアが何か理解してた人は10％～15％くらいかな」

「何が一番心配か尋ねたら意外な答えが返ってくるもんなんだ。例えば家族が心配だとか、金銭的なこと。仕事に影響が出るからね。こういった現実的なことが多い。こういうときは『うちにはいいソーシャルワーカーがいるよ』とか『それに関して支援ができるいいスタッフがいるよ』と他のスタッフをうまく巻き込んでいくんだ」


ウェン医師は病院内の栄養士や、理学療法士、作業療法士などに支援を求めることも多くあるという。それは明らかに緩和ケアが死を待つ人のためのものではなく、余命宣告を受けつつも人生を精一杯生きるための支援をするものだということが分かる。そのために医師一人では限界があるということをウェン医師はよく知っている。

「僕一人で関わっていたら、僕が入院することになるよ」

と少年のように笑った。


緩和ケア医師として何を以て「グッドデス（いい死）」だと思うか聞いてみた。

「ほとんどの患者さんは死ぬときは苦しんで死にたくないという。それも大切だけれど、僕はそれ以外に家族がどんな思いで見送ることができるかだと思っているんだ。患者さんの死がどのようなものかによって遺族はその事実と一生付き合っていくことになる。僕たちの関わりによって、その物語が一生心に傷を残すものから、生きる糧となるものに変わることがあるんだ」

これは第四条「大切な人のためにできること」で触れたことだ。日本人的な考えだと思っていたので、ハワイで緩和ケアに関わるウェン医師の口から話された言葉に少し驚きを隠せなかった。ハワイという西洋と東洋の文化が混じり合う土地柄やウェン医師がアジア人だということも影響しているのかもしれない。彼の造詣の深さがうかがえた。

そしてこんな例を挙げてくれた。ある患者さんは呼吸不全で1ヶ月人工呼吸器につながれたままで、ウェン医師のいる病院のＩＣＵに転送されてきた。搬送した病院では患者さんの容体がかなり悪く、人工呼吸器を巡ってＩＣＵスタッフと家族の間で激しい口論となっていた。ウェン医師が緩和ケアの担当医となった。患者さんは末期の肺疾患で、かなりよくない状態だった。ご家族は前の病院での嫌な体験から医療従事者に対する不信感を募らせており、この病院でも看護師などには喧嘩腰で、厄介な家族だと思われていたという。

初診でウェン医師は家族と2時間にわたって面談をもった。厄介な家族という先入観に惑わされず、家族がこれまでどんな思いで介護に関わり、医療従事者と戦ってきたかその物語に耳を傾けた。介護者は、患者さんと37年寄り添ったパートナーで、自身も健康上の問題があるにもかかわらず毎日付き添っていたために体調を崩していた。そのためウェン医師は緩和ケアチームのソーシャルワーカーを介してこの病院で治療が受けられるように配慮した。このパートナーは患者さんと一日たりとも離れたことがなく、毎日病院に泊まり込んでいたり、理解を示さない医療従事者に対して感情的になることもあったため、誤解を招いたが、ウェン医師の目には愛する人の命の灯が消えかかっているという事実を受けとめることができないで苦しんでいる人が映っていた。患者さんが亡くなるのは時間の問題だった。

亡くなった翌日ウェン医師がご家族にお悔やみの電話をした際、こんなことを話してくれたという。パートナーは葬儀会社へ行く途中だった。その声のトーンから、心の穏かさが伝わってきた。そして家族も医療従事者も全てを尽くしたという言葉があった。患者さんは神様のもとに召されたのだと話した。一番大切なのは救えない命を救うことではなく、残されるご家族が全力を尽くしたと思えることだとウェン医師は語った。緩和ケアチームが関わったことで、家族の死の物語を怒りや後悔で満ちたものから「グッドデス」にすることができた。

ウェン医師とチームは、家族と信頼関係を築き、患者さんの身に起こっていることを丁寧に説明し、近くまでやってきている別れに対する心の準備に寄り添った。この患者さんはウェン医師のもとに来たときには、すでに意思の疎通ができない重篤な状態であった。身体的な限界にありながら、ICUにおいて延命を続けていた。それが患者さんが望んだものだったのか、ご家族の意向だったのかは定かでない。しかしながらパートナーにとってはそれが納得のいく見送り方であった。

大切な人との別れ

人は色々な形で愛する人にお別れを告げてきた。日本でも多くのファンを持つシンガーソングライターのビリー・ジョエルの歌で、娘のために書いた「ララバイ」という曲がある。メロディーを聞いているだけで、優しい気持ちになるのだが、それにもまして、その歌詞が印象的だ。たまたま音楽を聴きながら散歩している途中で、この曲が流れ、思わず涙が出そうになった。一部を抜粋して紹介する。

ララバイ　by ビリー・ジョエル

（二番から）
おやすみ、僕のエンジェル
さあ夢を見る時間だ
君の人生がどれほど素晴らしいものになるか
夢見てごらん
いつか君の子供が泣いたとき
このララバイを歌えば
君はいつでも僕と一緒だ

いつか僕たちがいなくなっても
この歌は残るんだよ

決して死なないんだ
君と僕のようにね

一番では寝付けない幼い娘の側で優しく子守唄を歌う父の様子が頭に浮かぶ。しかし二番で一転する。幼い娘が成長して、彼がこの世からいなくなった後も、父が娘に捧げた歌は残るということ、そしてそれによって父との消えることのない愛情を覚えていてほしいという願いが込められている気がした。

この世を去る前に、一番気がかりなのが愛する人たちのことだと答える人は多い。それは私たちの人生にとって大切な人との関係が何にも代えられないかけがえのないものだということがよくわかる。人は愛して、愛されたことを確かめることで、人生が豊かだったことを実感する。お金や名声はある程度の物質的な幸せをもたらすであろうが、心の底から満たされるものではない。命が限られているときになって思い知らされる。ホスピスの患者さんの中には家族と疎遠になっている人や、わだかまりのある人も大勢いた。

こうした複雑な人間関係に苦悩を募らせる患者さんに対して、何人ものスタッフが介入することがある。どうしようもなくこじれた関係は何をもってしてもどうすることもできないときもある。それでもスタッフの支援によって、お互いへの理解や許しが得られ、希望と愛情をとりもどすことができた患者さんにも多く出会ってきた。

ベテラン看護師のエイプリルはホスピスに勤める前は病院のがん病棟の看護師だった。自分自身もがんのサバイバーで、大切な家族を何人もなくしている彼女は、患者さんや家族に対する共感も深く、ホスピススタッフの中でもとりわけお別れの作業に対して繊細なケアを提供する。

彼女はこう語る。

「時間が限られているとき、家族とのわだかまりや、誰かを傷つけたという思いを解消する余力がないことがよくあるわ。そして実際にその人と対面して和解できないこともある。そういうとき、自分を許すということが大切なの。それができれば自分を傷つけた人にも許しを与えることもできるのよ。私たち（医療従事者）には時間が限られているの。その人がどんな過去を抱えてやってきたか詳しいことはわからない。でもその人の心が平和になるように、その人の人生が価値のあるものだったと思えるように、心に重くのしかかっているものを手放していくお手伝いも私たちの仕事だと思っているわ」

彼女は安らかな死を迎える上で肉体的な痛みの緩和は大切だとしながらも、それはホスピスチームの10分の1の仕事だという。そして残りの10分の9は家族が患者さんを送り出せるように心の支援をすること。どんなに身体の状態が楽であっても、愛する家族が側で嘆き悲しんでいれば、旅立つ準備が整っている患者さんを引き留めてしまうことになるかもしれないからだ。患者さんは、返事はできなくても周りで起こっていることや人の声は聞こえている。そのようなときはエイプリルは家族にこう声をかけるという。

「どれだけ悲しいかではなくて、(患者さんが) あなたにくれた素敵な思い出でこの部屋をいっぱいにしてあげて。一緒にハイキングに行ったこと。どんな風に手を握ってくれたか」お孫さんがいれば、お孫さんに「そういうことを語りかけてあげて」っていうの。「患者さんが忘れていることも、そうやって思い出させてあげて」って。「それが患者さんから与えてもらったものをお返しすることになるの」

エイプリルは自分の子供たちに幼いときから死は恐れるものではなく、人生の一部だということを教えていたという。ある日ペットの魚が死んだ。その当時2、3歳だった子供と魚が好きだったものとお花を一緒に小さな毛布に包み埋めたという。トイレに流してしまうことは簡単だが、亡骸はその生き物が生きた証であり、尊厳を持って扱うということを教えたかったという。

エイプリルはお父さんがアルツハイマー病で終末期にあったとき、こうしてお別れの準備をしたという。お父さんがいよいよ眠ることが多くなってきて、食事も摂らなくなって2週間が経った頃だった。お父さんを知る友人や知り合いに連絡をとり、状況を知らせた。みな直接、もしくは電話でお父さんに話しかけ、どれほど愛しているか告げた。お父さんは返事をすることはできなかったが、どれほど多くの人の人生に触れたのか、愛されたのかお父さんに知らせてあげたかったという。同時にそれはお父さんを知る人がお別れをする機会にもなった。

彼女はこうした経験をもとに、ホスピスで患者さんやご家族のお別れに携わる。彼女を見ていると、豊かな知識とその深い共感で一人で何役もこなしているように見えるが、経験の豊かなスタッフの中では珍しくない。皆終末医療の知識が深く、繊細で、機転がきく。仲間として仕事をしていても学ぶところが多い。

生きてきた証・歴史との別れ

人生の終焉が近づいているとき、人はこれまで歩いてきた道のりに思いを馳せる。折り合いがついていないことがあれば、それをなんとかしたいと心悩ませる。それは家族との諍いかもしれないし、残していくものへの心配かもしれないし、過去に人を傷つけたり、傷ついたことかもしれない。身体が衰えていく中で、心残り、怒りや後悔、罪悪感、恥、焦りなどが交差する。人はこの世のことを整理して、精算して、思い残しがないようにして旅立ちたいと思うものなのだ。

初めて患者さんの訪問をする際、事前に患者さんの経歴や病状、心の状態など他のスタッフからの報告を頭に入れていくが、それ以外はあえてあれこれ考えないでいく。これを話そうとか、これを聞こうとか、こんな風に話を持っていこうとか、こちらの都合はあまり意味がない。まずは患者さんの「今」を知る努力をする。今、どういう心の痛みを抱えていらっしゃるのか、何が心の重荷になっているのか頭の中で問いかけながら話を聴く。「今」は刻々と変わっていく。その「今」が次の訪問のときにはまったく関係がなくなることもある。

「いや、実はこんなことで悩んでまして…」などと言葉にできる人は意外とそれほど多くない。そうした思いは往々にして物語の中に織り込まれている。語るうちに心を縛り付けているものが、感情となって表現され、鍵となる言葉やテーマが繰り返し現れてくる。そう言ったサインを辿り、少しずつ物語の中に足を踏み入れていく。限られた時間の中で問題を解決するというよりも、その物語の中の葛藤や苦悩や後悔の立ち会い人となることに努める。患者さんは誰かに物語を語ることで、一人で抱えていた重荷を肩から下ろす。中にはこれまで心の中に溜めていたものが堰を切ったように流れ出し、私は言葉を挟まなかったことも多くある。全身全霊で共にそこに存在することが、全てだ。

話が終わるとまるで美味しいお酒でも飲み干したように、「あ〜、話聞いてもらって、心が軽くなった」とすっきりした顔でおっしゃった患者さんがいた。また来週訪ねますと後にしたのだが、患者さんは私が次にお邪魔する前に亡くなった。私に全てを打ち明けることで、この世につなぎとめられていた後悔という執着が解き放たれ、旅立たれたのだ。

私の元同僚でもあり、師でもあるクラランス・リウはホスピスのチャプレンだった。私が入職してすぐ定年退職をされたのだが、短い間でも彼と一緒に仕事をした経験は終末医療における心のケア・スピリチュアルケアの在り方を学ぶ貴重なものとなった。人間味に溢れ、愛情が深く、人望が厚い。大ベテランでありながら謙虚で、人懐っこいところがスタッフの誰からも慕われた。もし私の方がクラランスより先に旅立つことになれば、私のベッドサイドにいてほしい。遠く離れてしまったので叶わない願いではあるが、その思いは仲間として仕事をしていたときも、今も変わらない。

ある患者さんは激しい痛みで苦しんでいた。担当看護師が医療麻薬をもってしてもその痛みを緩和することができないでいた。心やスピリチュアリティーの深い苦しみが身体の痛みに現れることがある。その場合薬の効果は限られる。経験の豊かなケースマネージャーであれば、それを見極め、カウンセラーやチャプレンに介入を求めるであろう。

この患者さんの場合はチャプレンであるクラランスが面会することになった。ベッドサイドに座った途端、どれほど自分はこれまで家族にひどい仕打ちをして傷つけてきたかを語り始めたという。家族は離れていき、今や連絡をしてくるものもいない。仕方がないことだと思っていても、こんな状況の自分に会いにもこない家族の態度に憤りを隠せなかった。しばらく話をして彼は、感情も落ち着き、表情が和らぎ、緊張していた身体からも、いい意味で力が抜けたようだった。「ただ誰かに聞いて欲しかった」と付け加えた。家族の態度に自分なりに納得しているような様子で、それについて尋ねると、「家族のことはもう許したよ」と答えた。この時点で面会を終えることもできたが、クランスには何かが引っかかっていたという。そこで、さらに畳みかけた。

「最後にもう一つ聞いていいかい？　それで自分のことを許すことはできたのかい？」

するると患者さんが一瞬驚いたような表情になり、その後大声で泣き出した。身体を震わせて、まるで身体の中に溜まっていた膿を吐き出すように泣き続けた。彼を苦しめていたのは家族への怒りや失望ではなく、自分への憎悪だった。心の奥深くに閉じ込められていたものが、クランスの一言によって開け放たれたのだ。そしてそれは患者さん自身にとっても意外な反応だったに違いない。彼はその夜に亡くなった。

私が思う極上の別れとは心と身体と魂のレベルでの準備が整って旅立つことだ。身体の準備はできていても、何らかの理由で心と魂がまだ受け入れられないときがある。憎悪や深い後悔、心残りなどはこの世への執着となり、安らかに旅立つ妨げになる。自然の摂理に従って身体は旅立つ準備ができているのに、何らかの理由でこの世にとどまっている患者さんに何度も立ち会った。話すことができれば、何らかの支援をすることができるが、意識がない場合はそれも難しい。会いたい誰かを待っているんだろうか、家族から「私たちは大丈夫だからもう逝っていいよ」という言葉を待っているのだろうか、などと家族や同僚と思いを巡らせた。

心はもう準備ができているのに、身体は生きているというときもある。意識がはっきりあるときは、身体の不自由さや日々の衰えがはっきりわかるため、精神的に辛い。ある患者さんは身体の様々なサインから余命2週間ほどだろうと思われていたが、意識ははっきりしていた。愛する家族との別れを悼んでは毎日のように涙していたが、既に家族や友人にも別れを告げており、心の準備はできている様子だった。

ところが2週間を過ぎても、4週間を過ぎても生きていた。身体はさらに衰弱してきていたものの、まだ意思の疎通もできたし、面会にきた人の顔も認知できていた。「どうしてまだ死ねないのか」という思いが強くなった。ホスピスケアではあくまで自然の摂理を尊重するため、死を人為的に早めたり遅めたりすることをしない。患者さんの「どうしてまだ自分はこの世にいるのか」という訴えは心の苦悩となっていた。私たちはエビデンスに基づいた医療を提供しているが、死に関してはサイエンスで説明がつかないことが多くある。その「わからないこと」への問いや不安を受容しつつ、患者さんとともに悩み、模索し、葛藤する。

私が末期がんのリックさんに初めてお会いしたとき、彼は深い失望とジレンマの中にいた。ハワイで自殺幇助案が承認されようとしているときだった。医療現場では準備が追いつかず混乱状態で医療従事者は自身の価値観や倫理、宗教などの面で反対するものも多くいた。リックさんの主治医もその一人で「僕は患者を生かすのが仕事だ」と協力を断られたという。彼は自殺幇助案が可決するのを何よりの希望にしてがんとともに生きており、その道が途絶えたことに怒りと悲しみをあらわにした。まだ自力で歩けたり、がんによる痛みもほとんどなかったため、身体的には穏やかに過ごすことができていたが、自殺幇助の道が断たれたことで、残された時間は「死にたいのに死ねない」絶望と、家族の世話にならなくてはいけないという屈辱感が交差した。

リックさんは娘家族と景色のいい豪邸に住んでいた。仕事でも成功を収め、交友関係も広く、妻と死別してからは、家族公認の女性と長く暮らしていた。一見全てを手に入れてきた人のように見える。ところが話を聞いていくと、これまで自由に自分が望む暮らしをしてきたゆえに、身体が徐々に衰えて、自由に過ごすこともままならなくなるどころか、人に世話をしてもらわなければならないということにとてつもない嫌悪感と恐怖感を持っていた。

リックさんは人懐っこく、ユーモアに溢れ、話題が豊富だった。カウンセリングの中では昔の仕事、愛する奥さんや家族、ガールフレンド、生きている不思議、死後のことなど多岐にわたった。さらに自分が末期の診断を受けてから、音沙汰がなかった息子との関係が回復し、「病気に感謝している」と嬉しそうだった。そして気がつけば死にたいと言わなくなっていた。

自殺幇助を望む人にも様々な理由がある。ただ望んだからといって叶うものでもない。

手続きが煩雑で、条件を満たす人でなければ可能性もない。リックさんは、その後調子がよくなって、ホスピスケアから卒業となったために、どういった最期を迎えられたのか定かではない。けれども自殺幇助という違った別れのカタチを望む方の気持ちに触れる貴重な体験となった。

第七条　いのちと対話をする Relationships never die

『ソウルフルワールド』は2020年12月に日本で公開される、ディズニーの映画だ。これまでアニメーションでは描かれることのなかった「あの世」の世界のお話である。それだけでも「おぉっ」と私の興味がもたげられたのだが、主人公の魂（ソウル）というものが、生まれてくる前、この世、死後の世界を通して描かれており脚本と監督を務めたピート・ドクター氏は魂の旅というものにしっかりと向き合った方に違いないと思った。実は私が執筆をしている（2020年8月）段階ではまだ映画は未公開で、予告編しか観ていないのだが、この映画は私たちにこの世に生まれてきた訳や、意味を考えさせると同時にこの世とあの世の距離をぐっと近づけるものだと確信している。

あくまで人間の想像力で創作されたもので、描かれている世界やそこで起こっていることが事実かどうかは誰にもわからない。けれどもディズニーとピクサーがタッグを組んで、優れたグラフィックを駆使して魂のストーリーを作り上げたことで、ソウルの世界、というものをグッと身近に感じることができるだろう。これまで魂というものや人生の意味について考えたことがない人でも、ディズニーアニメーションとして楽しみながら、自分のソウルの旅に思いを馳せることができるのではないだろうか。

私はこの映画監督同様、魂の旅の信仰者だ。『ソウルフルワールド』では、私たちが生を受ける前にソウルの世界に暮らしている設定になっている。そして人生できらめくものを見つけて初めて人間の世界に生まれてくる。ということは、この世に生まれてきた人は全員、きらめくものを持っているということになる。

残念ながら、生まれると同時にそのきらめくものが何だったのか、私たちは忘れてしまうようだ。それは一人一人違うものであるし、何が正しいという答えもない。それが焦れったいところだ。それを再発見するのも、新しいきらめきを見つけるのも私たち次第となる。

若い頃は、人生の目的はいい会社に就職することだった。ソウルのきらめきよりも、成績が全てを決める。「みんながそうしているから」と、なんとなく短大に進み、一部上場企業に就職した。目的を達成してみると、急にむなしくなった。

ソウルのきらめきは「自分らしさ」「可能性」「やりがい」などという言葉に言い換えることができる。人と違う何か、特別に光る何かを見つけたとき、「これだ！」という深いところから湧き起こる喜びを体験する。私にとって、それはホスピスケアであった。そこにすぐたどり着いた人は幸いだと思う。けれども私のように「これじゃない」を繰り返して、その経験を重ねていくことで、本当に大切なものが見えてくる人もいる。大切なのは模索し続けるということなのだと思う。

模索することで、私たちは成長する。ＯＬだった私は、日本を飛び出してアメリカに渡り、紆余曲折を経て大学院で心理学を学び、臨床心理学者となった。そしてホスピスケアと出会い、７年勤め、アメリカでの経験と知識を携えて令和元年に日本に帰国した。文章にすると数行で終わってしまうが、それは30年間の歳月を要するものだった。もし日本でＯＬを続けていたら、どんな人生だったのだろうとたまに考える。きっとそれなりに幸せで心地のいい人生だったんだろうと思う。けれどもそれは自分がきらめくものではなかった。

私はこの世に生を受ける理由は、「きらめきを見つける」という旅の中で魂を成長させることなのではないかと思っている。葛藤し、模索し、試行錯誤し、失敗を繰り返し、人生経験を増やす。いいこともあれば、嫌なこともある。嬉しいこと、悲しいこと、悔しいこと、胸が張り裂けそうなことなど全てを糧にし、それでも前に進む。成長の機会は数え切れないほど与えられている。そう考えるとどんな経験も決して無駄ではない。「あ～高校生の時にアメリカに行ってれば、言葉で苦労しなくてすんだのにな」とか、「あのＯＬの3年間がなければ、もっと早く自分らしい仕事に出会えてたのにな」とか、「なんで病気になっちゃったんだろう」とは思わない。大人になってから渡米したことも、ＯＬの3年間も、大病を患ったことも、今の私を作る貴重な経験であった。

人の出会いも私たちを大きく成長させる。家族からの無償の愛を受けることで、愛するということを学ぶ。「無条件で愛されている」と感じると、自分は愛される価値があるという自覚につながり、自分への自信となる。そして自分が愛され、満たされていると、その愛情を人にも向けていくことができる。兄弟姉妹からの学びもある。年が近ければ、親の愛情を受けるライバルとなり、競い、争い、喧嘩しながらも家族という切っても切れない絆の枠の中で共に成長し、無二の関係を育んでいく。

しかしそれほどスムーズにいかないのが人生だ。成長を阻んでいるように見える困難やハードルも与えられる。人に傷つけられたり、傷つけたり、間違いを起こしたり、失敗したり、恨んだり、失望したりする出来事が次々とやってくる。そして人生の最終章は足をとめて、自分の歴史を振り返り、命の成長に思いを馳せる時間だ。

グリーフカウンセリングの中では患者さんの物語の中に同時に存在し、その物語がどんな意味を持っているのか、一緒に模索する。その人のかもしだす時間の流れに身を任せ、静かに耳を傾けながら糸を紡ぐ。はっきりと言葉で語る人もいれば、エッセンスが物語の中に織り込まれているときもある。世界に一つだけの人生には、世界に一つだけの歴史があり、意味がある。

先人との絆

私が出会った患者さんの多くは、先に亡くなった家族とあの世でまた再会できるのを楽しみにしている人が多かった。中には夢に出てきたり、実際に会いにきてくれているという人もいた。科学的な根拠は何もないが、そういった方たちのお話を伺っていると、終末期にある方というのは、こちらの世界とあちらの世界を魂で行ったり来たりしているのではないかと思わせる。それは夢を見ているとか、幻覚を患っていると片付けられるものかもしれない。しかし患者さんにとっては、あちらの方との再会ややりとりというのは現実であり、それが心を落ち着かせたり、死への恐怖心を和らげたりする体験である。

死んだ夫が迎えにきてくれると語る患者さんがいた。あちらの世界のことはよくわからないし、自分が天国にいくのか、地獄にいくのかもわからないけれど、愛した夫が迎えにきてくれて、道案内人となってくれるのであれば、怖いものはないという。意識がない患者さんが両手を天井に向けて伸ばすのを見て、「誰かが迎えにきてくれているのかな」とスタッフと話すこともあった。

くも膜下出血で入院していた父は、先祖が乗っている電車の夢を見たと話していたのを覚えている。その電車は父が立っている駅のプラットフォームに止まらずに通過していったと言っていたような気がする。そのあたりの記憶が定かでない。父はその夢の中でそれが黄泉を行き来する電車であることをすぐさま察知した。その電車を見たことで、「お迎えか！」と思ったようだが、自分の駅に止まらなかったことで、まだそのときではないとホッとしたようだった。それがただの夢だったのかもしれないし、先人からの何らかのメッセージだったのかもしれない。その話を聞いて、「何言ってるの、縁起の悪いこと言わないでよ」と否定する人もいるだろう。こうした体験は、命の限界を受け入れるための先人からのメッセージのような気がしてならない。

ホスピスに勤めて、たくさんの患者さんから、あちらの世界との絆についてのお話を伺って、その方が感じたことがその方の現実なんだと受け取っている。あちらの世界と、心と魂でつながっている方は、自分の身体が滅びた後も、残していく家族を見守り、愛し続けていく。そうして愛情は絶えることなく、受け継がれていく。1年を通した風習や行事を通して故人と繋がり、移り変わる自然の中で故人を偲ぶ。それが日本人の魂の摂理だ。

キリスト教信者が約70%を占めるアメリカでは、故人との関係性が随分異なる。亡くなった後故人は天国で神様と共にあると考えられているので、その魂がどうなっているのかだとか、苦しんでいないかなどと心配する必要がない。故に神様の側で、あらゆる苦しみから解放された天国から見守ってくれていると考えているご遺族が多くいた。

ただ日本のように魂を弔い、故人を偲ぶ法事や行事がないため、お葬式が終わった後関係が希薄になりがちになる。母の通夜の夜、迷わずあの世にたどり着けるように一晩中蝋燭の火が途切れないようにしながら葬儀場に泊まり込んだと聞けば、アメリカ人は驚くに違いない。さらにお盆という夏の時期に亡くなった人たちがこの世に戻ってくる風習があると聞いたらなんというだろう。文化や宗教は変わっても、故人と深くつながっていたいと願う気持ちは同じである。奥さんを亡くしたある方は、死後しばらくは、ベッドの妻側を開けていて、朝起きるときは「おはよう」、夜寝るときは「おやすみ」と話しかけていた。また、ある旦那さんを亡くした方は、彼が生前来ていたアロハシャツをキルトのようにつぎ合わせ、ベッドカバーを作っていた。毎日をそれに触れながら、旦那さんに包まれているような気持ちで眠りに落ちていたのかもしれない。

遺族へのカウンセリングで、死生観の全く違う方とお会いすることもある。トーマスさんは肉体が滅びたときが、すべての終わりだと考えていた。死後の世界などはなく、魂も存在しない。彼はパートナーが亡くなって、深い絶望にあり、生きる意味はもうないと涙を噛み殺した。魂は肉体と共に滅びたと信じていた。ということは故人との関係は身体が滅びた時点で消滅する。彼はその孤独と絶望の中で、自分の命を断ってしまいたいという衝動と闘っていた。キリスト教であろうと仏教であろうと、魂の存在を信じていないということが、これほどグリーフを複雑なものにし、故人を偲ぶということを困難にするのかということを経験した。それでも故人のためにお葬式を終えるまで生きよう、遺骨がうちに帰ってくるまで生きよう、思い出の会をするまで生きようと、故人のためにできることを生きる理由にしていった。言葉では死んだら全てが終わると話していたが、心の奥ではパートナーと何らかの形でつながりたいと思っているのがうかがわれた。「カウンセリングなんて無意味だ」と断言していたが、故人との思い出や生きた証を私に語ることで、彼の心の中に故人がしっかり生きていることを私は感じ取っていった。

ハワイでは1年に一度灯籠流しが行われる。アラモアナビーチに5万人も人が集まる大イベントだ。ホスピスに勤めるようになって、私は毎年ボランティアをしていた。そこで私が体験したのは、人を愛するということと、肉体が滅びた後もその人とつながっていたいと思う心は人種や宗教、文化の壁を超えるということだ。そして1年後にそこにトーマスさんの姿があった。

日本人の私たちはこうして愛する人を見送り、偲び、心でつながっていることで、あちらの世界がこちらの世界とそれほどかけ離れた場所にあるようには思わないのではないだろうか。そして限りのある世界で生きているのだから、自分の番がくるまで、しっかり命を生き、周りにいる人たちを大切にして生きようと思うのかもしれない。

アラモアナビーチに集まる遺族を見て、いつも森山良子さんの「涙そうそう」の一節を思い出す。

♪あなたの場所から私が見えたら、
きっといつか会えると信じ生きていく♫

そして私自身もそう心に刻んでいる。

スピリチュアルケア

緩和ケアやホスピスケアにおいて、スピリチュアルケアを専門とするスタッフがいる。欧米ではチャプレンと呼ばれ、日本においては臨床宗教師と呼ばれている人たちだ。スピリチュアルケアという名前がどうも胡散臭いとか、よくわからないとかで、米国においても誤解をされやすい支援だ。「スピリチュアル」とあるので宗教を持っている人のためだとか、宗教に勧誘されるんじゃないかとか、死ぬ前にキリスト教の牧師がやってきて頼んでもいないのにお祈りをされるんじゃないかといったような先入観で、総合して「縁起が悪い」ものと受け止められている。ところがこれはかなり狭い理解の仕方だ。

私は特に宗教を信じていないが、とてもスピリチュアルだと思っている。自分より大きなものの存在を信じているし、魂の成長に人生の意味があると思っている。ただ人によってスピリチュアルであることの形は異なるであろう。それが自然を愛でる心なのか、先祖を敬うことなのか、縁起を担ぐことなのか、芸術や音楽に感動を覚えることなのか、人を愛することなのかはわからない。ただ魂を動かされるような経験をしている人であれば、みなスピリチュアルであり、私は基本人間はみなスピリチュアルな存在だと思っている。スピリチュアリティーは宗教を超えて、私たちすべての中に存在するものであり、常に意識をしていなくても私たちを取り巻く生活や環境、世界もまたスピリチュアリティーに溢れている。

病気になるということは、身体的にも、精神的にも、社会的にも、スピリチュアリティーから一時的に、または継続的に遮断されることである。それは心の豊かさや平安に大きな影響を与える。欧米の終末医療においてはそれが認知されていて、専門のスタッフが必ず医療チームの中にいる。ホスピスケアにおいてはチャプレンはキリスト教の聖職者がほとんどであるが、ホスピスで仕事をするチャプレンは宗教を超えた支援も提供している。

仏教徒の方は、わざわざお坊さんに自宅に出向いてもらって話を聞いてもらうということを申し訳なく思う方が多く、お寺に通えなくなると、遠ざかってしまいがちになった。私はハワイ州のお寺で開教使の方々に向けての講演に招待いただいたり、終末期の檀家さんを支援するための委員会のメンバーに唯一関係者以外で加えていただいていた関係もあり、仏教徒の患者さんへの支援について一緒に考えてきた。そしてそのご縁でホスピスの患者さんへの支援をお願いすることもあった。

終末期におけるスピリチュアルな痛みは宗教的な葛藤と、それ以外の葛藤に分けられる。前者は宗教儀式に参加できないことから起こるストレス、宗教的枯渇感、信仰への懐疑心などが挙げられる。後者は価値観への問いかけ、絶望感、人生の意味の喪失、孤独感、病気や死に対する怒り、憤り、恐れなどがある[19]。闘病生活の中で「なぜ私だけがこんな思いをしなくてはいけないのだろう」「なんでこんな病気になってしまったんだろう」「バチが当たったに違いない」というように誰かを責めてみたり「どうせ治らないなら死んでしまったほうがいい」「生きていても仕方がない」と絶望感や、孤独感、空虚感に苛まれるとき、時間が残されていても、生きる活力や意味が失われてしまうことがある。

ウースラさんは亡くなる1ヶ月前になって、突然聖書を手にとった。両親はカトリック信者であったが、自分は思春期の頃に反発してから聖書からも遠ざかっていた。それまで私が週一回訪問していたが、その心の変化にチャプレンの訪問を依頼した。私とのカウンセリングの中でも元気が出る聖書の箇所を読んで欲しいと頼まれたり、視力が悪くなってからは聖書を読んで欲しいと依頼されることもあった。自分が中学・高校とミッションスクールにいっていた頃に心に触れた聖書の箇所などを思い出しながら聖書を読んだ。

この患者さんは、聖書を通して、心の苦しみを神様に委ねたかったのかしれないし、そうすることで心の平安を求めていたのかもしれない。私は、もしかしたら聖書を手にとって、読むことで、亡くなったご両親を思い出されていたのかもしれないなと思ったりした。

グリーフカウンセラーとしてスピリチュアルケアの支援をすることもあった。これはハワイならではのエピソードだ。九州で生まれ育ったふみよさんは、熱心な新興宗教の信徒であった。介護に当たっていた娘さんや息子さんも同じ宗教の信徒であったが、アメリカ生まれであったので日本語は問題なく話せても、読み書きをすることができなかった。ふみよさんを含め、ご家族にとっては宗教が心の大きな拠り所になっていた。ふみよさんは毎日のように経典や関係書籍を日本語で読み、心を強く持つ努力をされていた。いよいよ眠っていることが増え、自分で本が読めなくなったとき、私が患者さんが好きだった宗教関係の書籍をベッドサイドで日本語で朗読するということをご家族に提案した。私はその宗教の信徒でもなかったし、スピリチュアルケアを提供する専門家でもなかったが、同じ言語を話すものとして、一人の医療従事者として、一人の人間として、少しでも患者さんの心が安らぐのならばと心をこめて朗読した。私が朗読している間、ご家族は静かに涙を浮かべて聞いていた。

その涙の意味は母親の死期が近づいてきているという悲しみだったのかもしれない。そんな母親に日本語の読めない子供たちの代わりに朗読をしている私への感謝の気持ちだったのかもしれない。ご家族もまた、朗読の詩に励まされ、思いを重ねていたのではないかと思う。そして私も言霊の不思議な力に包まれていた。

生きるわけ

ステージ4の舌のがんになった堀ちえみさんがあるテレビ番組で語っていたことが印象に残った。これまでいくつもの苦痛を伴う大病を乗り越えてきた元アイドル歌手の彼女はまだ50代だ。歌の世界だけでなく、映画やドラマでも活躍し、その後は家庭を持って子宝にも恵まれた。彼女に与えられた治療の選択は二つ。手術と治療か、もしくは身体に負担になる医療は受けないというもの。彼女はもう「十分生きたからもう（死んでも）いいかな」と思ったという。大手術や、辛い治療ももうしたくなかった。そんな彼女が積極的に治療に取り組もうと決めた理由は、16歳の末の子供からの、

「私はまだお母さんとは16年しか一緒に生きていない」

という一言だったという。そして彼女は長い手術や、辛い治療、リハビリにも耐え、再び人前で歌うということを成し遂げた。必要とされているということが大きな希望となり、困難を乗り越えるための勇気を与えたのだ。

生き続けたいと思う理由やその意味は、人によって異なるだろう。堀ちえみさんのように比較的若ければ、大きな手術に耐える体力があるのかもしれないが、高齢になればなるほどリスクも高くなる。辛い手術に耐えても、それが何年も命を延ばすとは限らない。病気や診断時にどれほど進行しているかにもよるだろう。生きたくとも、それが叶わない人もいる。私がホスピスで関わってきた患者さんたちは、ほとんどが高齢者で、病気が進行し、余命6ヶ月と診断されてきた人たちだ。身体に負担になるような手術や治療は逆に命を縮めることにもなりかねない。それならば、慣れ親しんだ場所で、家族と、これまで通りの生活を送れる方がいいとクオリティオブライフを選んだ人たちだ。ハワイでは2019年1月から終末期の患者さんの選択が一つ増えた。それが医師の幇助によって自分の命を断つという選択だ。

緩和ケアやホスピスケアが進歩し、ほとんどのケースにおいて身体的な苦痛や辛さは薬で緩和することができるようになった。しかしながら耐え切れない苦悩や苦痛というのは人によって捉え方が違う。それが身体的な痛みや息苦しさとは限らないし、理由が一つだけとも限らない。人が感じる苦しみは、人生経験や家族関係、性格、社会的支援、宗教や精神性など様々な要素が複雑に折り重なっている。そして残念なことに、どれほど医療従事者が努力をして支援にあたっても、心の苦しみを和らげることができないこともある。

薬や心のケアでも緩和することのできない耐え切れない苦痛や苦悩を和らげるために欧米では医師による自殺幇助という道を選ぶ人たちがいる。それは医師に処方された薬を服用し、命を断つことだ。法律で認められており、制度としても確立されているので、令和2年の初夏に、日本で起きたALS患者の嘱託殺人のような悲劇が起きにくい。自殺幇助が認められていない日本では、殺人事件として大きくとりあげられた。被害者の女性は最終的に自分の望む結果を手に入れたが、そこに至るまでの彼女の苦労や苦悩は私たちの想像を絶する。彼女の決断は、社会や、生きる権利を主張する患者さんたちの心を大きく揺らすこととなった。

個人主義の欧米では自分の命は誰のものでもなく自分のものだという主張が強くある。自殺幇助が認められている地域では終末期において生きる権利も、生きない権利も患者個人にあるということだ。米国ではすでにカリフォルニア州、コロラド州、ワシントンDC、メイン州、ニュージャージー州、オレゴン州、バーモント州、ワシントン州、モンタナ州で合法化されている。そこに２０１９年からハワイ州も加わった。

他者との関係性が尊ばれる日本では、個人のニーズや主張よりも人にできるだけ迷惑をかけたくないと思うお年寄りが多い。医療従事者の懸念は、患者さんという個人をケアするにあたって、その人が本当になにを望んでいるのかが不透明だということだ。社会的な体裁や、介護者への負担を危惧するあまり、患者さんが本当に望む医療や支援が曖昧になるということだ。それはときに患者さんを孤独に押しやる危険性がある。

米国で自殺幇助が一番に合法化したオレゴン州の報告[20)]によると、患者さんがそれを望む理由のトップ3は、自立が失われること、身体が不自由になること、そして尊厳が失われることだ。オレゴン州では２０１９年に自殺幇助で亡くなった方が１８８名、そして途中で気持ちを変えた人が１７８人いた。時間と手間をかけて手続きを終えても、それを実行に移すとは限らないということだ。将来への恐怖感や苦悩から解放されることよりも、命を断つ選択を手に入れたことで、最期まで自分の思い通りに生きることができると安心するのかもしれない。
カナダの哲学者、L・W・サムナーは自殺幇助は患者を望まない治療から擁護するものであり、自分の生命と幸福の価値を自治する権利を主張するものだと述べている[21]。そのために前提となるのは患者と医療提供者との間の同意、患者の機能、自発性、正しい情報提供（診断名、予後、終末医療に関する全てのオプションとその効果とリスク）だ。患者さんはあくまで自分の病気や可能な医療の全ての情報を与えられた上で、自分が身体的、精神社会的、霊的にできるだけ安らかに旅立つことができる道を選択をする。最終決定は患者さんに委ねられている訳だが、それが本当に患者さんが望んでいるものなのか見極めるために、ケアに関わる医療従事者が寄り添い支援する。

ハワイ州においては2019年の1月から自殺幇助が合法化され、私の勤めるホスピスでもそれを口にする患者さんたちがやってくるようになった。その中には情報提供だけを求める人から、実際に望んではいるが、条件を満たさない人、条件は満たすが、薬の処方をしてくれる医師が見つからないなど様々なケースがあった。

自殺幇助を望む人は以下の条件を満たし、理解している必要がある。

1）終末期にある成人患者がそれを望み、処方された薬を自分で投与する
2）患者は判断・決断する思考・認知能力がある
3）患者は処方する医師を自分で探す
4）主治医は処方する義務はない
5）誰からも説得や強制されてはいけない
6）薬が処方された後でも、決心を変え、命を絶たない選択がある
7）このプロセスに最低3週間から1ヶ月かかる

この法律には、患者がそのときの咄嗟の判断や、感情に任せて安易に自分のいのちを奪わないよう様々な配慮が組み込まれている。複雑な手続きは時間もかかり、精神的にも、身体的にもある程度安定していなければ対処することはできないし、本人のこうした機能能力が数名の医師やメンタルヘルスの専門家によって証明されなくてはならない。

例えば鬱などの精神疾患の影響で判断能力がないと評価されれば、条件を満たさない。さらに主治医が協力してくれるとは限らず、理解し、処方してくれる医師を探さなければ

ならないため、それにも時間と労力がかかる。さらに20日空けて、書面による申請を2回にわたってすることが義務付けられている。この煩雑な手続きが安全装置の役割をしている。終末期にある患者さんにとっては数日で状態が大きく変わってしまうこともあるため、体力と時間に余裕を持って準備を始める必要がある。そうすることでこの選択が自分にとって最善のものなのか、じっくりと向き合い、判断をする。

そしてそれがゆるぎのない決断となったとき、ホスピススタッフは患者さん自ら設定した残りの時間を精一杯生き、大切な人たちと心ゆくまで別れができるよう寄り添う。ホスピススタッフは決断を揺るがすようなことはしてはならないし、最期の日に立ち会うことができない。そこにいることができるのは患者さんとその家族、そして薬を処方した医師のみである。

耐え切れない苦痛というのは、人によって大きく違うものだ。それが身体的な苦痛によるものなのか、それ以外の心の領域のものなのかわからないし、色々なものが重なっている場合もある。身体的なものではないからといって蔑ろにしたり、心が弱い人間だと咎めたりすることだけは避けたい。心の痛みというのは、目に見えない分、外からはわかりにくい。医療従事者はすべての領域において、苦痛の緩和に努めなければいけないし、その苦痛がその方にとってどのような意味があるのかというところまで気を留める必要がある。

いのちの旅

小さい頃お盆が来るたびに憂鬱だった。死んだ人がお化けとなって家に戻ってくるということは恐怖以外の何ものでもなかった。その人たちに一度も会ったことがないのだから、赤の他人も同然だ。お盆に私に与えられた役目は、母が外でおがらを燃やしている間、仏壇の前にじっと正座して木魚を叩くというものだった。戻ってくる人たちが私の隣をすり抜けて仏壇の中に入るのか、仏壇から静かに現れて家の中を縦横無尽に駆け回るのか、考えるだけでもたまらなく怖くなった。私の身に何も起こらず、無事に木魚を叩き終えても、お盆中は死んだ人が家のどこかにいるのだから、気が抜けない。かと思えば近所のお寺で開かれるお盆祭りには浴衣をきて大はしゃぎで出かけていたのだから無邪気なものだ。こうして日本文化には命の川が脈々とながれている。大人になって渡米し、お盆というものを意識する生活から長く遠のいた。その間に父と母が他界し、その後終末期にある方とそのご家族の別れの支援に関わって、命との対話は今も続いている。

書店で一冊の本に出会った。「孤愁：サウダーデ」[22]というタイトルになぜか目が釘付けになってしまったのだ。サウダーデとはポルトガル語だそうだ。手に取って裏を返してみると、その定義は「愛するものの不在により引き起こされる胸の疼くような思いや懐かしさのこと」とある。Saudade、なんと美しい響きなのだろう。日本語で郷愁、哀愁、悲嘆、グリーフなどの言葉を考えてみてもどうも何かが足りない気がする。私がこの言葉に強く惹かれたのは、それが両親や看取ってきた患者さんに対する思いを捉えたものだったからだろう。言葉を見つけたことで、胸の中で漠然と存在していたものの輪郭が現れた気がした。

サウダーデについて研究している深沢暁氏の論文[23]では、さらにその語義が述べられていた。

1）人、物、状態、行為の不在あるいは消失によって感じる苦痛、心痛、望郷の念

2）失った愛する人の思い出によって生じるメランコリー

3）遠く離れているあるいは失った人または物の悲しくも甘美な思い出。愛する誰かの不在による悲しみ

4）不在の人、遠く離れた物の甘くメランコリックな思い出。そしてそれを再び見たい、所有したいという想い

深沢氏によると、サウダーデは対象が消失したものである必要もなく、グリーフのように今現在はまだ存在しているが、いつか消失することがわかっているものや人に対しても抱く思いであるという。ゆえに遠く離れた家族への想いや、会えなくなった恋人への切なさ、亡くなった子供を慕う想いや、子供時代に生まれ育った故郷の情景を懐かしく思い浮かべるのもまたサウダーデである。

亡くした両親や、これまで出会ってきた患者さんたちの顔を思い浮かべるとき、胸にあるのは甘くほろ苦いサウダーデなのだ。

亡くした家族や配偶者とあちらで会えるのが楽しみだと穏やかな顔で語っていた患者さんたちもまたサウダーデの中にあったのではないだろうか。人は旅立つとき、死の淵にある孤独感や、愛する人を残していく深い悲しみから逃れることはできないだろう。サウダ

ーデはそうした辛い感情をも包括する。けれども時空を超え、魂でつながることができる限り、私たちが人生で経験、積み重ねてきたものは、失われることはなく、いつまでも私たちの一部であり続ける。

第八条　感謝の思いを持つ　Embrace gratitude

私たちは小さい頃から感謝するということの大切さを教えられてきた。食事の際、嫌いなものを残して、親に「貧しい国に住んで、十分に食べられない子供のことを考えなさい」「食べられるだけ感謝しなさい」「残すなんて、もったいないと思いなさい」としつけされてきた人も多くいるだろう。そして「いただきます」と食事の後の「ごちそうさま」は食事を作ってくれた人に対する感謝がこめられている。

子供の頃はただ大人の真似をしたり、しつけをされてやっていたことも、意味がわかる年頃になると、深い感謝の気持ちが芽生えたり、謙虚な心が深まったりする。同じように手を合わせても、そこには真の感謝が込められている。人から受け取ったことや、自分が人生で与えられていることに感謝をするという行為は、私たちを謙虚な気持ちにさせ、心を豊かにする。

与えられているということ

皆さんに実験していただきたいことがある。実験道具はいらない。一人で簡単にできることなのでご安心いただきたい。必要なのは、一人で静かに考えることができるスペースと少しの時間。書き留めておける紙と書くものがあればなおよい。

これまで生きてきた中で何かを受け取ったことや与えられたものを思い出していただきたい。それは単純に日常の小さなことでもいいし、人との出会いや、個人の才能、感動、人から与えられた優しさなどでもいい。その中から心に一番強く響くものを一つ選んで、そのときのことをゆっくり思い返して欲しい。必要であれば、目を閉じて、ゆっくり呼吸をしながら、時代を遡り、そのときに五感で触れた感触：味、匂い、肌の感覚、音、色、周りにいた人など映画を巻き戻すように思い出してみる。書いた方が詳細まで思い出せる人は、紙に書き留めてみるといい。そうするとそのとき考えたことや感じたことがはっきりと蘇るだろう。

私たちがこれまで生きてきた中で、与えられてきたものは無限にある。それは毎日の生活の中でも起こっている。健康であろうが、病気であろうが、余命が限られていようが変わらない。ただそれに気づくか、見過ごしているかの違いだ。それには気に留める心の余裕が必要になる。毎日バタバタと忙しく、あっという間に時間が過ぎていく中では、自分が生活を維持するためにエネルギーが消耗されているので、与えられていることに気を留めたり、心を静かに一日を振り返ったりする余裕がない。身体的な痛みや、心に苦しみがある方であれば、痛みに気を取られ、人生がどれほど不公平で、不安や悲しみに満ちたものなのか思い巡らすかもしれない。与えられたものなど、考える気分ではないだろう。

感謝することなど何もないと断言する方もいるかもしれない。「自分の人生、これまで何一つ良いことなんてなかった」「自分にはいつも悪いことが起こる」と思っている人は、悪いのは世間や、神様や、人で、自分はいつも被害者だと思っている。起こった事が事実であったとしても、その負の感情や考えは呪縛となり、さらに心を苦しめ、追い詰める。それが鬱や不安を引き起こす原因にもなる。そして精神面だけでなく、社会面や身体面にも影響を与える。ストレスで免疫が低下し、風邪をひきやすくなったり、あれこれ思いわずらって眠りや食欲に影響が出ることもある。

感謝の気持ちをもつと世界が一変する。それは待っていれば自然に湧きおこるというものではなく、自分で感謝の心の目を開くと決めた瞬間から、始まる。一度開いた感謝の心の目は、どんなときも閉じることはなく、それによってこれまで素通りしてきた事柄や、何気なく過ごしてきた時間が意味を持ち、輝き始める。

私たちはどんなことに感謝を覚えるのだろうか。いくつか例を挙げてみよう。読みながら思い当たるものがあれば、〇をつけたり、短いメモ書きをされるといい。

生まれてきたことに関して

生を受けたこと
自分の両親や家庭環境に生まれたこと
今の時代に生まれたこと
健康に産んでもらったこと
日本人として生まれたこと

人から与えられたものに関して
親に与えられた命、身体
家庭環境
家族からの愛情、しつけ、知恵、出会い、支え
友情
学校の先生からの愛情、教育
医療従事者の心のこもったケア
支え・理解

自分の成功に関して
人生で物事がうまくいったこと
物質的な成功（安定した生活・不自由のない生活・いい暮らし）
成長するための機会
才能・資質

社会精神的なものに関して
支えてくれる人が周りにいること
性格・気質
社交性
金銭的に恵まれている事

霊的なものに関して
自分が守られていると実感すること
大きなもの（例：神様や仏様）からの愛情と恵み
心の平安
心の拠り所があること
導かれていると思うこと

困難から与えられたもの
支えてくれている人の優しさやありがたみ

忍耐力や抵抗力、強さ
家族のありがたさや愛情
人の痛みがわかるようになったこと
残された時間の大切さや意味
生きることの喜び

日常で感じるもの
日常の平凡
気持ちのいい朝
自然の美しさ
人との関わり
美味しい食事の味わい
家族のありがたみ
子供の成長
家族の幸せ

ここにあげられていないものもたくさんあるだろうと思う。一日の終わりに5分でも時間を作って、今日は何を与えられただろうかと考えてみて欲しい。「今日一日大変だった」「長い一日だった」「辛いことだらけだった」と思っていても、感謝できることは必ずある。「いい天気で、気分が晴れた」「看護師さんが優しい言葉をかけてくれて嬉しかった」「お風呂が最高に気持ちよかった」「食事が美味しかった」「昨日よりも身体が楽だ」「見舞いに来てくれる人がいた」「いい便がでた」「テレビを見てよく笑った」など考えだすと、ひとつどころではないかもしれない。慣れてくると数がどんどん増えていく。小さいことに気がつくことができればできるほど、感謝が増える。こうして感謝で一日を終えることで、大変だった一日でも、無意味な一日などないのだ。

感謝は私たちの心に深く影響するという研究[24)]がある。心を穏やかにするだけでなく、深い喜びや意欲、愛情、幸福感に繋がり、物事を楽観的に考えさせる。それが負の感情に立ち向かうシールドのような役目になるというのだ。普段から感謝の心の目を開いておくことで、辛いときやストレスが多い日も、負の感情に飲み込まれず、うまくバランスをとりながら乗り越えていくことができるということだ。

銀行口座に例えてみよう。負の考えや感情が「お引き出し」で、感謝の気持ちが「お預け」だ。感謝の貯金が十分あれば、負の感情のお引き出しがあっても、まだ残高が残る。毎日コツコツ小さな貯金をしておくことで、知らないうちに貯金が増えているのに気がつくだろう。

肺がんで終末期を緩和ケア病棟で過ごしていた母は、感謝の貯金を多く持っていた。その当時私はまだホスピスケアに関わっておらず、一人の娘として母を見舞う日々だった。母は病棟でいつも、誰かに感謝していた。その光景は当時の私にはかなり不自然で、不可解なものであった。戦争を体験してきた母の人生は、苦労が多かっただろうし、肺がんを発病してからは辛い手術と治療を繰り返した。気が落ち込んだり、人に当たったり、自分の状況を哀れんだりしても決しておかしくない。しかしそういった様子は一切見せず、それどころか「お姫様みたいにあつこうてくれはる」と看護師さんたちに感謝し、「綺麗で広い個室にいれてもうた」と喜び、「よう寝れる」と言ってはありがたがり、家族が見舞いに行くと毎回笑顔で「きてくれてありがとうね」を欠かさなかった。身体も決して楽ではないはずであった。寝苦しい日も、食欲がない日もあっただろう。不自由なことも多かったに違いない。死に対する不安もあったのではないだろうか。そういう状況にありながら、嫌なことや辛いことは何一つ漏らさず、いつも感謝している母は、アメリカから一時帰国していた私には、なぜか痛々しく思えたものだ。

アメリカ人は、辛ければ「辛い」と言葉にするし、嫌なことがあれば不機嫌になる。よくいえば裏表がなくストレートでわかりやすく、悪くいえば自己中心的だ。その点日本人は、思っていることや感じていることでも、周りの人が不快な思いをしないように、心の内に留めておく。よくいえば協調性が高く思いやりに富み、悪くいえば本音がわからない。

その後ホスピス医療に関わって感謝をよく口にする患者さんに出会って、母の姿を重ねた。それは強がりや、家族に心配させまいという気遣いではなく、謙虚さや感謝を常に心に持っていた母の生き様であったのではないかと思うようになった。母は終末期にあっても、普段通りの明るい母で、その生き様のまま静かに、穏やかに他界した。

ハワイの知り合いの医師から聞いた話だ。終末期の患者さんに、

「僕が死ぬときは、妻の手と君の手を握って死にたい」

と言われたという。医療従事者冥利に尽きるエピソードだ。医師がしてくれたことに対

して、口に出して「ありがとう」という感謝の仕方もあるが、この患者さんの一言には医師との間の愛情と信頼、絆の深さがよく現れている。米国のホスピス医療では様々なスタッフがケアに関わるが、患者さんやご家族との関係性というのは各々異なる。この医師は患者さんに近いところで心のこもったケアを提供し、安らかに旅立つ環境を整え、ご家族に寄り添ったのだろう。

心のこもったケアを通して患者さんの心に触れ、信頼が築かれるとき、そこには深い愛情や絆が生まれる。あくまで患者と医療提供者という関係性の枠があり、それは尊重されなければならない。ただ終末医療の関わりというのは人間同士のつながりであり、お互いの心が通うとき、患者と医療提供者はその医療の関係性に捉われず、かけがえのないものを与え合う関係となる。この患者さんは身体の痛みや辛さを和らげ、別れの準備の環境を整えた医師に感謝し、医師は患者さんとの間に生まれた愛と信頼に溢れた感謝の気持ちを受け取った。

終末期に感謝の気持ちが向けられるのは、医療従事者にだけではない。自分の人生を振り返り、出会った人や、起こった出来事に対するものがある。

末期の心臓疾患で寝たきりになっていたウィルさんは、学生の頃将来を約束されたアスリートだった。それが飲酒が原因で大きな車の事故を起こし、その夢が断たれることとなった。学生の頃は体力や身体能力が自慢で、体格もよく、同級生からもチヤホヤされ、自信に満ちた日々だった。それが一瞬にして、身体に障害を負う身となり、すべてが一変した。約束されていた有名大学へのスポーツ入学は取り消され、人生の目標や意味を失ってからは、麻薬や酒に溺れるようになった。大人になってからも中毒から抜け出すことができず、負のスパイラルはさらにひどくなる。仕事が続かず、生活のストレスが増え、それによって麻薬や酒への依存が続く。その依存を保つためであれば人を騙し、自分に嘘をつくことはなんでもなかった。

そんな中何度目かの依存症回復の自助グループで奥さんとなる人と出会ったことで人生が大きく変わる。人が変わり、人生の見方が変わり、過去の辛い出来事への考え方が変わった。彼はこう語った。

「人生で一番大切な出来事は妻に出会ったこと。妻の存在が人生の意味となり、喜びや希望になった。自分が順風満帆の人生を送っていれば会えていなかったんだから、過去に起こったことは何一つ変えたいとは思わないよ」

過去の失敗や過ちから、人生に挫折をして、依存症になったからこそ奥さんに出会うことができたのだから感謝しかないという。闘病生活は誰から見ても苦しいものだった。50代で寝たきりとなり、心臓に負担のかかるようなことは一切禁止された。シャワーを浴びる際も機械でベッドから病室のシャワー室に運ばれる。ベッドに横たわっていれば、痛みも辛さもほとんどないわけだが、認知がしっかりしているため、頭がしっかりしている中で、寝たきりを強いられている状態だ。それは決して楽ではない。心臓疾患という爆弾を抱え、退屈や孤独と戦い、「生きたい」と「死にたい」の間を毎日行ったり来たりしていた。

病室の掲示板には奥さんと子供、孫たちが写真の中から微笑みかけていた。そんな毎日の中で生かされている意味を模索し続け、愛情と感謝を噛みしめながら、私が出会って約6ヶ月後安らかに旅立った。

魂の法則

感謝をするという行為は一見、一方的に何かを与えられて、自分が恩恵を被ったことに関して抱く感情に思える。ここまでに挙げたのはどれもその例だ。感謝の方向性は一方に自分から外に向かって伸びる矢印で描かれる。

しかし2本の矢印で表される感謝がある。それは私たちが何かを与えることで感じる喜びや幸福感に対する感謝だ。ボランティアなどはそのいい例だ。自分の労力を無償で提供する人たちというのは、人の役に立つことで、自分の人生に意味を見出す。

私の知り合いの看護師は国際医療団の一員としてボランティアで貧しい国に渡航し、治療に当たっている。彼女はこのボランティアに参加するために仕事を休む。現地で泊まるところは提供されると聞いたが、自費の渡航費は馬鹿にならない。彼女が与えるものは、自分の時間や専門技術だけでなく、金銭的なものも大きい。毎年のように、出かけていく彼女がこの経験から与えられるものはお金に代えられないぐらい貴重なものなのだろう。無償で人に与えたり、仕えたりすることで、得るものはその何倍も大きい。これが魂の法則だ。

それではこの例はどうだろう。

ある外国人の男友達が、日本人の彼女にプレゼントをしょっちゅう贈るのに、あまり喜ばないと不服そうにしていた。話をしているうちに、段々相手への不満が募ってきて、そのうち怒り始めた。彼女には会ったことがなかったが、気の毒になってきた。相手を喜ばしたい気持ちは理解ができるが、独断と偏見で贈られるプレゼントは正直あまり嬉しくない。その中には日本人女性が好まなそうな、派手なアクセサリーなどもあった。嘘でも黙って「ありがとう！　嬉しい！」と受け取っていれば、彼の気も済むのだろうが、そのうち受け取る方も辛くなる。彼からは「もらえるだけありがたいと思え」的な態度が漂っていて、恩着せがましい感じが否めなかった。人に何かを贈ったり、与えたりする際、ついつい見返りや感謝されることを期待してしまうことがあるが、そうするとそれが返ってこないとき、がっかりした気持ちになる。ひどいときは「何て失礼な人なんだ」と腹を立てたり、最後には「もう贈るのをやめよう」となることもある。彼が気づいていないのは、贈り物を彼女に贈ることで大切なものを受け取っているのは彼自身だということだ。それは人に喜ばれる行為をしたという満足感や、その行為の意味（愛情を実感すること）である。喜んでもらえることに越したことはないが、お返しや見返りがなくても、あれこれ大好きな彼女のことを考えながらプレゼントを選び、ワクワクした幸せな気持ちを味わったはずだ。そのプレゼントが相手の趣味に合わないものだったのなら、次は彼女が喜びそうなものを一緒に買いに行くのも一つの手だ。愛情は育むもので押しつけられて深まるものではない。

2000年に製作された『ペイ・フォワード　可能の王国』という多くの人に感動を与えたアメリカ映画を覚えているだろうか。「世界を変えるために、自分ができることはなにか」という問いで始まる物語だ。学校の授業でそう問いかけられた少年が考えたのは、自分が人に思いやりを見せることで、またその人たちが他の人たちにそれを返していくというサイクルが生まれるということだった。彼自身決して幸せな家庭に育ったわけではなく、両親は共にアルコール依存症で、父親からは暴力を受けていた。恵まれない環境で、親から愛情も受けず、孤独の中で一人辛い思いをして育った彼が、人に親切にすることで世界を変えたいと願ったところに心を打たれる。そして彼は自分が始めた小さな善意プロジェクトが人の人生を大きく変えてしまうほどのパワーを持っているのを目の当たりにする。人に受けた優しさを、何らかの形で返したいと思う人間の姿を描いている。そして自分が行ったことが、善意の大きさにかかわらず、人に感謝されている、喜ばれている、役に立っていると思うことが、私たちに喜びを与える。無償の善意は私たちを成長させ、心を豊かにする。

『ペイ・フォワード　可能の王国』から17年経って、2017年6月、米国インディアナ州のマクドナルドでペイ・フォワードにまつわる感動の現象が起こった。「ペイ・フォワード」は直訳だと「先に払う」という意味だ。夜8時半に一人の女性がドライブスルーに車を乗り入れた。彼女は約6ドル（約600円）分のミールの支払いをしている途中、サイドミラーに映った後ろの車に乗っている家族に目を留めた。そこには四人の子供を乗せた男性が運転する車が順番を待っていた。すると彼女は後ろの家族のために自分と同じだけのミールを「父の日おめでとう」という言葉と共に人数分支払い、去ったという。この男性の順番になって店員がその旨を告げると、彼は自分の後ろの車2台分のミールを支払い去っていった。このマクドナルドが閉まる夜中の12時までに167回もペイ・フォワードが繰り返されたという。1人の人の小さな善意が、感謝と感動を生み、恩恵をうけた人が他の人に恩返しをしていく、思いやりの連鎖を作るきっかけになった。これによって善意が波紋のように何倍にも大きく広がっていった。この女性は2400円でこれだけ多くの人に与えられる喜びと、与える喜びをもたらした。

私たちはどんな状況にあっても、人に与えるものを持っている。しかしそれを私に身をもって教えてくれたのはハワイで出会った終末期の患者さんたちだ。

第三条に登場したナンシーさんは、年格好や謙虚なところが母を思い出させた。しかし母と明らかに違っていたのは、思ったことははっきり口に出すところであった。私は彼女のそういう気性が気持ちよく、たのもしく感じていた。施設での食事は、西洋風のものが出されるが、ある日七面鳥の蒸し焼きに小さく四角に切った野菜ミックスが添えられているのを見て、

「私たち日本人はこんな物食べないのよ」

と言っているのを聞いて、不謹慎ながらちょっと笑ってしまったことがある。私の心の中の「美味しくなさそうだな」という思いを見透かされたような気になったからだ。

彼女は末期のがんを患っていた、まだ意識ははっきりしていたが病気はかなり進行していた。彼女がいたのは低所得者用の施設で、スタッフの人数も足りなければ、どう考えても心のこもったケアが提供されているとは言えない所だった。彼女はそんな状況に満足せず、施設側にクレームを入れるつもりだと聞いて驚いた。それは自分のためというよりも、他の患者のためだという。身体が辛かったり、悪かったりすると自分のことだけでも大変なのに、人のために嫌な役を買って出るという。彼女にはクレームを入れることで疎まれ

たり、差別的な扱いを受けるのではないかという危惧は全くないようであった。お元気な時は面倒見のいい方だったに違いない。

彼女はまた感謝に溢れている人でもあった。満足のいかないことがあるとしても、この施設に入ることができたということを大変ありがたがっていた。独身だった彼女は、自分が高齢になって病気になったときに介護してくれる家族がなく、行き場を心配していたのかもしれない。そして私が訪問するたびに、こちらが恥ずかしくなるぐらいの感謝の気持ちを口にした。

認知に問題が出始めたある日、ベッドサイドのテーブルの引き出しを開けて財布をとって欲しいと頼まれた。そこから25セントコイン（日本円で約25円）を取り出し、帰り際に私に差し出した。医療従事者にとって金額にかかわらず金銭の授与はタブーだ。さらに患者さんの認知に問題がある場合、医療従事者がお金を盗んだとも言われかねない。今では25セントでは何も買えない時代だが、金額が問題ではない。ナンシーさんにとってこの25セントコインが示す意味は、おそらく言葉で表しきれない感謝の気持ちだったのだろうと思う。その気持ちに胸がいっぱいになった。私たちホスピスのスタッフは、患者さんの生き様や死に様から常に多くのことを教えられている。それは命のレッスンでもあり、質の高いケアを提供していくためのヒントでもある。そうしていただいたものに感謝して、次に出会う患者さんたちにお返ししていく。ホスピスではこうした、ペイ・フォワードが毎日繰り返されていた。

感謝を受け継ぐ

感謝の目を開き、これまでどれほどのものを与えられて、今も数え切れないほどのものを与えられていると気がついたら、それを何らかの形にしておきたいと思うものだ。私が出会った患者さんたちは、物語の中に思いを紡いだり、愛する人に言葉で伝えたり、言葉を書き残したり、気持ちを愛情に変えて、残されるものに受け継いだ。

その患者さんの思いを叶えるために米国で広く使われているのが、ディグニティ・セラピーという手法だ[14)]。これはカナダの緩和ケアの精神科医であるハービー・マックス・チョチノフが開発したセラピーで、10の質問を核にしてインタビュー形式で患者さんの人生を遡る。患者さんの許可のもと対話は録音され、文字におこされる。ただ単に「人生で思い出深いことを話してください」と言われれば、あまりにも漠然としていて、何をどう話していいのか分からなくなるが、ある程度構成があって、質問に答えていくうちに自然と人生が目の前に広がっていく形であれば、話す方も気が楽だ。

その10の質問を紹介しよう。

10の質問

1）人生の中で、印象に残っている出来事をいくつかお話しください。
2）どういったときに「生きている」と感じますか？
3）ご家族に知っておいてもらいたいことや覚えておいて欲しいことがありますか？
4）人生で一番大切だった役割とはなんですか？（例：家族の役割、仕事、地域）どうしてそれが大切だと思われますか？　その役割を担うことで、何を達成されましたか？
5）これまでで一番大きな貢献はなんでしたか？　それを誇らしく思う理由はなんですか？
6）あらためて愛する人たちに伝えておきたいことはありますか？

7）残されたご家族に望むものはなんですか？
8）人生で学んだことで、他者に言い残しておきたいことはなんですか？　贈りたい言葉やアドバイスはありますか？
9）ご家族に伝えておきたい言葉や、ノウハウはありますか？
10）他にこの記録の中に付け足したいことはありますか？

これはエビデンスに基づいた手法なので、提示された方法に沿って行うことで効果が期待される訳だが、本書では詳細は割愛させていただく。私はこれらの質問をできるだけ頭に入れておいて、患者さんの状態や経歴などによって柔軟性を持って、セラピーを行った。話の流れを重視し、少々順番が変わっても、よく似た質問が一緒になっても、そぐわない質問を削除してもよしとした。

こうして目の前に患者さんの人生が蘇る。そして現在から過去を振り返ることで、起こったことの意味が明らかになる。その当時は渦中にあって考える余裕がなくても、時間を経て、人生経験をし、成長した自分が振り返ることで、その当時気がつかなかったことを考えたり、感じたりするものだ。質問を通して、相手の様子をうかがいながらそうした気づきや思いをひろい集めたり引き出すのもセラピストの役目だ。人生の物語がどのように紐解かれて、広がっていくかは患者さん次第だが、セラピストはナビゲーターとなり、聞き手となり、物語に立ち会う。そこにはこれまで語られることのなかったエピソードや家族への想いが込められており死後ご遺族が読み返すたびに故人との思い出が蘇る。

終末期にある患者さんは、いつ容体が悪くなるかもしれない。話したいときに体調が優れなかったり、うまく思い出せなかったり、照れ臭かったりするかもしれない。まだ記憶があるうちに、話せるうちに、体力があるうちに、家族へ残しておきたいものや伝えておきたいことを形にすることで心にのしかかっていたものを解き放つことができ、心が軽くなる。

この対話が「セラピー」と呼ばれるもう一つの理由がある。終末期にある方は、年齢を重ね、色々な病気や薬の副作用を抱えて過ごしてきた。回復しない病気になることで、体調、日常のルーチーン、生きがいや楽しみ、レジャー、人間関係、将来のプラン、希望など全てが変化していく。そして治療や闘病生活が長くなれば長くなるほど、知らないうちに老いや病気が自分のアイデンティティーを覆っていく。

その人には生まれてから病気になるまでの、誇らしい経験や愛する人たちとの思い出がたくさんある訳だが、毎日の体調の変化や、葛藤に気を取られてそれを思い出して噛み締める機会がない。セラピストは舵取りをしながら、ゆっくり「あの頃」に導いていく。そしてセラピストの存在の安心感と癒しの空間の中で、自分の人生をゆっくり振り返ることで、意味や価値を思い出す。セラピストは患者さんの命の旅に同行する。そして目の前に広がる光景に一緒に感動し、喜び、悲しみ、悼む。

患者さんがご家族に残されたメッセージで心に深く残ったものがある。それはザックさんが奥さんに残した一言だ。ザックさんの死期が近づくにつれ、奥さんは1秒も離れたくないという想いから、側でずっと付き添った。仲の良いご夫婦だったのが手にとるように伝わった。ザックさんもまた奥さんを残していくことが気がかりであり、無念であり、悲しくもあった。ディグニティーセラピーの中で奥さんに伝えておきたいことはありますかと聞くと、う〜ん、と唸った。伝えておきたいことが多いときというのは、なかなか絞りきれないものだ。そういえば話の中で奥さんは虹が大好きだと言っていたのを思い出した。そして「虹にザックさんの思いを託すのはどうでしょう」とお話しすると、「それはいい」

とよろこばれた。ザックさんの奥さんへの最後のメッセージは「虹になって、いつも君のことを見守っている」だった。ハワイは雨が降るたびに虹が出る。きっと奥さんはその度にザックさんを身近に感じていらっしゃることだろう。

第九条　新しい命のカタチをつなぐ Depart to the new world

身体は最期のときを迎え、旅立とうとしているのに、未練や心残りや苦しみがこの世に身体をつなぎとめていたり、逆に気持ちの準備はとっくにできているのに、まだ身体はこの世にとどまっている場合がある。これらは医学や人間の想像では計り知れない死のミステリーだ。

その謎に寄り添ってきた経験から見えてきたものは、患者さんは自分のタイミングで、旅立つ時期を選ぶということであった。親しい家族や友人が訪れるのを待っている人もいれば、家族との思いと裏腹に一人になった時間を見計らうようにして旅立つ人もいる。その時点では患者さんは深く眠っているか意識がない状態だ。そして見守る私たちは、患者さんの身体と心と魂の全ての準備が整うよう最期までできるだけのケアを尽くした。

旅立つときには身軽でなければならない。この世に繋ぎとめる全ての糸を自ら手放すことができたとき、死は平安と共に訪れる。これは患者さんたちが身をもって示してくれたことだ。科学的根拠はない。生と死のもたらす神秘と奇跡を信じるものでなくては、理解できないであろう。ではどういったタイミングでどのように、私たちはこの糸を手放していくのだろうか。

ぽっくりは理想の死に方？

よく人は「ぽっくり」逝きたいという。ホスピスでも何人もの患者さんからその言葉を聞いた。そうすれば、老いも、身体の衰えも、老いや病気からくる様々な苦しみも経験せずに済むと考えるからであろう。家族に負担をかけることもなく、介護にかかる費用も抑えられる。「昔はよかった」と住みにくい世の中を嘆くお年寄りには、生き辛い老後を避け、死が徐々に迫ってくる恐怖からも解放され、理想的な死に方に思える。「太く短く生きる」という言葉がある。長生きするよりも、元気なときに精一杯自分らしく生きて人生を謳歌したいという思いが込められている。「ぽっくり」と相通じるものがある。老いや身体の衰えや痛みは、できることなら、経験したくないと誰もが思っているだろう。

自分の身体が将来どんな病気になって、どんな風に衰えていくかは、残念ながらわからない。そして病気になった後も、いつ、どんな風に身体が滅びていくのかは、医学でもはっきり予想することはできない。起こったことを巻き戻したり、時間を止めたりすることもできない。私たちに与えられている選択は、残りの時間がどれだけあるかに気を病んで、失くしたものを嘆いてばかりいるのではなく、今をどう過ごすのかということだ。それは言い換えると私たちの考え方や行動次第で、残りの人生を変えることができるということだ。

新型コロナウイルスは令和2年の春から徐々に勢力をつけ、世界を恐怖と不安の渦に陥れた。この未曾有の感染症には治療法が見つかっておらず、打つ手も手探りで、感染が広がっていくのを指をくわえて見ている状態がしばらく続いた。見えないウイルスが日本でどれほど広がっているのか、どれほど自分の近くまで迫っているのかわからず、不安に駆られる日々からそれほど時間は経っていない。その間に多くの人が感染し、命が失われた。さらに緊急事態宣言や、コロナ対策により多くの人が仕事を失い、今後も経済の見通しが立っていない。「どうしてこんなことが起こっているのだろう」や「誰のせいなんだろう」

「いつまで続くのだろう」などと、自分たちには考えても答えのでないことに気を揉んでいるときは不安を助長した。時間とともに感染症の実態が明らかになり、ワクチンの開発が進められ、日本では日常が戻りつつある今、不安もかなり和らいだ。その中でよく専門家が口にしたのは、「正しく恐れる」という言葉だ。

毎日流れてくるニュースの中には、恐怖を煽るものや、正しくない情報も紛れている。それに一喜一憂していては、毎日不安と恐怖の中で過ごさなければならない。答えの出ないことをクヨクヨ考えてしまったり、解決できないことに気を揉んで過ごしたりするのは、人間の常かもしれない。けれども過剰な不安や心配は日常生活に大きく支障をきたすものだ。未知のパンデミックと長く付き合っていくためには、正しい情報を元に、ソーシャルディスタンス、マスク着用、手洗いなど、自分たちができることをきちんと守り、社会生活を継続していくということが、今後コロナウイルスとうまく付き合っていく鍵となるのであろう。

この「正しく恐れる」というのは、命が限られていると診断された人が、病気と共存していくときにも励みになることではないだろうか。正しく恐れるためには、いつかその恐れに向き合わなければならない。見ないふりをしている方が、楽に感じるかもしれないが、それでは不安と恐怖は大きくなるばかりだ。逆に勇気を出して直視してみることで、これまで漠然と恐れていたものの姿が形をなしてくる。そして形のあるものに対しては何らかの対処法や選択が見えてくる。

自ら医師でもあり、作家でもある久坂部羊氏の『悪意』には、末期がんと宣告されてから、最後まで病気と戦うことに命を削った主人公が登場する。戦い抜いた生き様は壮絶だ。「何のために生きているのか」と自問自答しながら、治療の副作用や疼痛に苦しみ、人を恨み、自分の人生を恨みながら苦悩する様は、まさしく死ぬ恐怖に取り憑かれた人の姿である。少しでも生きる確率を高めたい、と延命のための手術や治療、東洋医学や、サプリメントなどありとあらゆる方法に希望を託す。高額であっても、何らかの効果が見られるのであれば、背に腹は替えられないし、リスクがあっても死ぬよりはマシだ。そして希望を追い続けることが生きる糧となっていく。人間、何かに向かって努力していると思うと、不思議な生きる力が湧いてくる。けれどもそれが死の恐怖からの逃避によるものであれば、生きること自体が苦悩に満ちたものとなる。

私はこの主人公に、最後まで病気と戦い続け、命が尽きる寸前でホスピスに入所してきた患者さんたちの姿を重ねていた。その時点ではもう意識がなかったり、話すことができない状態の方が多いため、ホスピスケアが本人の希望だったのかは定かでない。治らない病気は時間と共に悪くなる。がんと診断されても私の母のように発症してから7年生きる場合もあれば、数年、数ヶ月ということもある。そして延命治療も効果とリスクのバランスを考えたとき、リスクの方がまさるときがやってくる。手術や強い薬剤を使った治療をしても、改善が見られないばかりか、逆にそれが身体への大きな負担となり、命を縮めてしまうことになりかねない。

ホスピスに入所して、数時間でお亡くなりになった患者さんがいた。患者さんとはお会いする機会はなかったが、死後、深い罪悪感と後悔でグリーフが複雑化していたご主人のケアに関わった。患者さんは全身にがんが転移しており、家で高齢のご主人の献身的な介護を受けていた。けれどもがんが進行し、これまでの痛みどめでは症状をうまく緩和することができなくなってきていた。ご主人と息子さんとの間では薬用麻薬を使用することに関して折り合わず、患者さんはしょっちゅう辛い痛みを訴えていたという。ご主人の中ではホスピスケアは死を意味していたので、愛する奥さんに1日でも長く生きていて欲しいという思いから、ただ励ますことを繰り返した。それでも痛みがさらに激しくなり始めてからは「生きてて欲しい」という願いと「この痛みから解放してやりたい」という葛藤の中で苦しんだ。ホスピスが介入したと同時に、極限状態にあった痛みは緩和され、数時間後、「ありがとう」という言葉と共に患者さんは旅立った。「やっぱりホスピスは死ぬところだ」と思われるかもしれない。患者さんの身体はずっと前から旅立つ準備ができていた。身体の激しい痛みによって、この世に繋ぎ止められていたのだと思う。その苦痛から解放された途端に、身体の自然な摂理により、旅立たれた。もっと早くホスピスが介入していれば、患者さんはもっと身体が楽な状態で、愛する家族と残された時間を過ごすことができただろうと思わざるを得なかった。

悔やまれるのは、ホスピスへの先入観から、愛する奥さんを苦しませる結果になったということだ。ご主人は介護者として孤独の中、肉体的にも精神的にも限界にあったに違いない。奥さんのがんに対して、死に対して「正しく恐れる」ことができなかったために、現実を受け入れることができず、生にしがみつくことになった。それは『悪意』の主人公を彷彿させる。

一方で自分のがんを「正しく恐れ」、逞しく生きていた患者さんがいた。50代のアリスさんは、ステージ4の乳がんと診断された後も、緩和ケアを受けながら仕事を続けていた。三人の子供たちは皆、州外の大学に進んでいたが、皆一人暮らしのアリスさんを心配していた。ひどい倦怠感に悩まされたり、痛みが辛い日は仕事を調節した。身体に優しい食事を心がけ、体調がいいときに作り置きをした。アリスさんは自分の状況をしっかりと受け止め、日常生活をできるだけ維持しながら、子供たちに残してあげられるものを思案していた。人から「強い人」と呼ばれることが大嫌いで、私とのカウンセリングの中では、よく笑い、思いっきり泣いた。どんなにポジティブに生きようと努力しても、体調がよくない日には気持ちが落ち込む。辛いとき、助けが必要なときには人に頼り、人との繋がりや子供たちとの時間を何より大切にした。口には出さなかったが、アリスさんをみて、私もまた「強い人」だと思っていた。それは末期がんに負けず明るく生きていたからではなく、真正面からがんを見据え、全ての感情を受けとめ、あらゆる支援を活用し、精一杯生きていたからだ。「正しく恐れる」ことの意味を教えてもらった。

心を静かにする時間を見つける

病気と共存する人は忙しい。治療もある、仕事もある、体調管理もしなくてはいけない、日常の中で喜びや楽しみも大切にしたい、人間関係も維持したい。ある意味毎日の生活をこなすだけで消耗されてしまいがちだ。そんな中で、カウンセリングは心を静かにする時間を作るものだ。一人で身体の衰えや、死について思いを巡らせるのは、勇気のいることだ。ただ考えるだけでは不安でいっぱいになったり、気分が落ち込んでしまうだけで、あまり意味がない。逆にストレスで身体的な弊害が出てくることもあるかもしれない。しかし専門家が一緒にその時間を共有することで、悲しみや不安、恐怖感に溺れてしまわずに、心を落ち着かせて別れを見つめることができる。

他人に心の中を解放するというのは日本人にとってはなかなか慣れないことだ。自分の感情を言語化するということも得意ではない。カウンセラーは言葉にならない思いを汲み取り、一緒に言葉を紡ぐ専門家でもある。

昔からどちらかというと内向的だった私は、小さい頃から日記をつけていた。話すよりも書く方が得意だったのだ。書くという作業は一人でもできるし、誰にも内容を知られなくていいという解放感もある。話すことと、書くことの両方に共通しているのは、表現するということだ。人に話すよりも、一人で自由に書き留める方が自分に合っているという方は、それも良いだろう。大切なのは、静かな時間のなかで自分の心の中に気をとめてみるということだ。

心を静かにする時間をつくる方法は他にもある。瞑想である。慣れている人であれば、それが日常のルーチーンになっているかもしれない。息を使って身体と心を落ち着かせるのに効果的だ。はじめは落ち着かなくても、継続して練習してみると、5分しか続かなかったのが、10分できるようになり、それが30分となり、気がついたら時間が経っている。私にとって一番の難関は、「よし！　瞑想しよう」と決めて時間を作るまでだ。いざ座って目を閉じて、息が整いはじめれば、あとは身体に任せるだけだ。

私は遺族会のはじめの部分に瞑想を取り入れていた。自分の心を見つめて思いを共有したり、人の話に耳を傾けたりするときに、日常の諸々のことで頭がいっぱいになっていては集中できないからだ。人に言われた嫌なことを思い出していたり、夕飯の支度が気になっていたり、明日やらなければいけないことに気を取られていれば、せっかく遺族会に来ても、人の話は耳に入らず、ただ座っていることになる。瞑想で心と身体を静め、会での自分の存在を整える。こういったサポートグループは一人一人の参加に一番の意味がある。あなたががんの患者さんで、勇気を出してサポートグループに参加したとしよう。おそらく自分の辛い思いを打ち明けたり、他の人がどうやって葛藤や不安と向き合っているのか聞きたいと思うのではないだろうか。そうやってお互いに経験を重ねあったり、気持ちを共有することが、心の大きな励ましとなる。カウンセラーの一番の役割はそれぞれがグループから必要としていたものを受け取ることができるように環境を整えることだと思っている。

本書では極上の別れの条件は、第一条の「生きることをやめない」から始まっているが、真の第一条は人生と対話するときを持つということだ。現状を完全に受け入れなくてもいい。時間がかかってもいい。否定をしたり、逃避したりするときがあってもいい。普段は鍵をかけて箱の中にしまっておいてもいい。ただときどき蓋を開けて見てみるということに意味がある。

頭で知的に理解するだけでなく、心の中に湧いてくる様々な感情を、一つ一つゆっくり眺めてみる。怒り、嘆き、葛藤、不安、恐怖、否定、悲しみなど、どれひとつとっても一人では抱えきれないほどだ。それならば一つに絞って覗いてみるのもいいだろう。それには心と身体を静かにする時間が必要だ。瞑想や日記、カウンセリングやサポートグループなどをあげたが、一人でゆっくり散歩にでかけてみるのもいいかもしれない。

ただし時間を限ることをお勧めする。15分なり30分なり、時間を限ることで、その日一日をその気分のまま過ごさないためだ。そして気分を切り替える。出かけたり、家事をしたり、人と話したり、テレビを見たり、身体と心を動かすことで、また日常に戻る。そうしてそのきりかえがうまくできるようになると自分の心を深く見つめるという作業が怖くなくなると同時に、うまく自分が感情を制御することができているのに気がつくだろう。

私たちには結果を変えることができるものと、できないものがある。それに気づかせてくれたのは、母の病棟にあった一編の詩だった。

『ニーバーの祈り』

〝神よ、変えることのできるものについて、
それを変えるだけの勇気をわれらに与えたまえ。
変えることのできないものについては、
それを受け入れるだけの冷静さを与えたまえ。
そして、
変えることのできるものと、
変えることのできないものとを
識別する知恵を与えたまえ。〟
(ラインホルド・ニーバー、Serenity Prayer、訳：大木秀雄[25])

母はいつ息を引きとるのかわからない状態であった。私はこの詩の前にしばらくたたずんで、この祈りを胸に刻んだ。

そして変えることができない母の死を、受け入れる勇気を祈った。

その後ホスピスで仕事をするようになって、グリーフカウンセラーとしての私の仕事は変えることができないものを受け入れ、変えることができるものを変える勇気に寄り添う

ものだと実感した。

この世のものを解き放つ

人生の最終章では人生の中で見ないようにしてきたものが、表面化することがある。そしてそれらに折り合いをつけて、心と身体を軽くして旅立ちたいと望む。重くのしかかるものは過去に起こったことへの後悔や罪悪感かもしれない。傷つけられたことに対する怒りや悲しみかもしれない。気がかりや不安、迫りくる死や死後の恐怖かもしれない。そのような葛藤に加えて、手放すものはまだある。自分が人生を共にして、歴史を刻んできた肉体、自分の存在や歴史、自分の人生を豊かにしてくれた愛する人たちだ。お別れの作業は、この世につなぎとめているそれら一つ一つに別れを告げて、愛情と感謝を持って手放していくものだ。詳しくは第六条に書いた。

最期の思いを叶える

やっておきたいことを最期に叶えることで、この世にお別れをいう心の準備をされる方々がいる。多くの患者さんは、病院で手術や治療、闘病に全身全霊を費した後にホスピスに入所する。戦闘モードにあるときというのは、それが終わったときのことや、その後の生き方など考える暇がない。さらにもう戦わないということに対しての様々な迷いや思いが交錯する。

そんな思いを誰かに聞いてもらうことで、少しずつ心の整理を付けていく。そうすると「あれをしておきたかった」「これを叶えておきたかった」というお話が出てくる。私の父はくも膜下出血で倒れてから、回復せず他界したが、唯一叶えることができたのは、外出許可をとって家に戻るということだった。入院してから手付かずになっていた仕事関係の書類や身の回りの整理が気になって仕方がなかったのだろう。体調との兼ね合いでゆっくりすることはできなかったが、ひとときの平常を取り戻すことができた。

日本のホスピスに長く関わったチャプレンの浜本京子さんは、こう経験を語ってくれた。

「宗教的な例でいうと、洗礼を受けて亡くなる人っていうのは、それが一つの心の準備になる場合が多いんですよ」

勤めていたキリスト教系の病院では、朝「キ～ンコンカ～ンコン」と曲が流れた。ある患者さんはその鐘の音を聞いて、幼稚園の頃に「アーメン」と神様に祈ったことをなつかしく思い出した。仏教徒だったにもかかわらず「神様のところにいくんだ」と洗礼を受けて、家族を驚かせた。浜本さんは人生の最終段階で、自分の行き先を整える人に多く出会ったという。

日本人であればお墓参りにいっておきたいと思う方も多いという。あちらにいったときのために、事前に先人に挨拶しておくという意味であったり、魂の道筋を整えておきたいと思うのだろう。出かける体調でない方であれば、聖書を読んだりお祈りをしたり、また静かに先祖に思いを馳せたりすることも、心を落ち着かせたり、死後の恐怖を穏やかにすることにつながるだろう。これは自分の魂をこの世から手放し、あちらに送る準備に見える。

ある患者さんの最期の願いは、海を見にいくということであった。もうすでに歩くことは叶わなくなっていた。ホスピスの患者さんは、体調がいつ何時変わるかわからないので時間との戦いでもある。車椅子での移動となるわけだが、いつそれができなくなるかもわからなかった。車椅子で海際まで行くことはできないため、舗装されている歩道があって、できるだけ海の近くに行ける場所が候補となった。患者さんの体調管理も大切だが、付き添う人材の確保や、携帯用の酸素ボンベなどの準備も考えなくてはいけない。それはある日の週末に決行された。担当の看護師は自分が休みであるにもかかわらず、ボランティアでご家族と共に付き添った。天気にも恵まれ、患者さんはこの短い海への散歩を心から楽しんだ。身体中に少しひんやりする風を受けて、澄み渡る空の下に広がる穏やかな海を見つめて、何を思ったのだろう。海で遊んだ思い出なのかも知れない。海に帰っていった愛する人たちのことなのかも知れない。こうして大きな思いを一つ叶え、彼女はこの世の思い出を手放したに違いない。

心のわだかまりを解く

　私たちホスピススタッフが大切にしてきたのは、疎遠になっていたり、何らかの理由で縁が途切れてしまった家族とのお別れだ。それぞれに家庭の事情がある訳だが、凝り固まった関係というのは一筋縄ではほぐれない場合が多い。わだかまりが残る関係や、過去の出来事は患者さんの心に重くのしかかる。身体の自由が効かなくなり、頭の中で思い悩む時間が増える中、多くの方はそういった家族に思いを馳せる。そして最期に顔を見て、心を再び通わせ、許し、許され、心の奥に重くのしかかるものを、手放して別れを整える。

ビバリーさんは、病気になってから、ある事件をきっかけに夫や子供たちとの連絡を絶った。一人で全ての手続きを行い、ホスピス施設に入所していた。心にも傷を抱えていた彼女は、その辛さを訴えるように、わがままに振る舞い、医師や看護師を困らせた。それでも態度を変えず笑顔と愛情でケアに努めるスタッフたちに、少しずつ心を開くようになった。これまで家族の話はしたがらなかったのが、居場所は知らせないという条件で、電話で話したいというようになった。カウンセラーが介入し、患者さんの胸の内に耳を傾けた。

ご主人はホスピスカウンセラーからの電話に驚きと動揺を隠せない様子で、詳細を聞きたがった。それも当たり前だろう。これまで病気だった妻が突然いなくなり、連絡も取れなくなったのだ。生きているのか、無事なのか、死んでいるのかもわからず、家族にしてみればどんな思いで毎日を過ごしていたのか想像するだけでも心が痛くなる。奥さんが終末医療を受けていて、安定した状態であることと、そして詳細を聞かないという条件で、電話で話すことが可能だということをお伝えした。家族との電話がいい結果をもたらしたことで、今度はカウンセラーが同席するという条件付きで、家族との面会に積極的な姿勢を見せた。電話がうまくいったとしても、顔をみればまた感情が昂って言い合いになるかも知れないと懸念したのであろう。患者さんとの面会には、ご主人と子供さんがやってきた。ご家族にしてみれば、これまでの患者さんの振る舞いに対して疑問や、怒り、不満もあったであろう。それを口には出さず、命の限られた妻であり母親である患者さんとの久しぶりの再会のひとときを味わった。止まらない涙はお互いの深い愛情を物語っていた。患者さんは深い愛情と感謝の中その数週間後に、安らかに旅立った。

シャミナードさんは、米国本土からハワイに移り住んで長い患者さんだった。生涯独身だった彼女は、近しい家族はアメリカ本土に弟がいるだけだった。弟からはたまに連絡があるようだったが命が限られたものであることは伝えないと硬く心に決めていた。過去に何があったのかは、詳しく話してもらえなかったが、何か複雑な事情があるのは明らかだった。遠くにいる弟に余計な心配をさせたくないと繰り返し話すだけであった。そして彼女は、ある日、弟宛に長い手紙を書いた。彼女はいつもあまり感情を表に出さず、落ち着いた態度で、その手紙の内容が語られることはなかった。身の回りの整理も、心の整理も全て自分一人でこなし、これまで一人で生きてきた彼女の生き様を見ているようだった。そして私が最後に頼まれたのは、彼女の死後、弟さんに手紙を届けるということだった。

きちんと三つ折された手紙が入った白い封筒には、弟さんの名前が記されていた。しばらくたって手紙を受け取った弟さんから、スタッフ宛に一葉のカードが届いた。したためられたお礼の文面には溢れる悲しみにありながらも、お姉さんの最期の思いを受け入れようと努力している様子が読み取れた。事情を知れば飛んできただろう。彼女が一方的なお別れをどうして選んだのかは知る由もなかったが、人からの哀れみや同情などを受けたくなかったような気がした。弟さんと話すことで、自分の感情が揺れ動かされるのを避けたかったのかもしれない。外から見れば孤独な死であったように映る。かかわったスタッフ誰もが、亡くなる前に弟さんとの対面、それが叶わないのであれば電話でのお別れを望んでいた。しかしそれは私たちの勝手な思いなのだ。シャミナードさんからは極上のお別れの形は様々であることを教えられた。

極上の別れ

極上の別れは、身体と心と魂が通じ合うようにして、この世で与えられてきたものを自分の意志で手放していくことで起こるキセキである。

自分の身体が衰えていく中で、その自由を失いたくないともがき、恐れる。それが執着となり、固執となりさらに苦しみを生む。中には痛みに耐えることで生きていることを確かめようとする人がいる。恐怖を怒りや憎しみにすり替えて、過ごす人がいる。

全てを手放した後、何が起こるのか、どこへいくのか、あちらの世界のことは、誰にもわからない。けれどもいつその時がやってくるのかは自然の摂理が教えてくれる。私たちに唯一できることは、その邪魔をしないことなのだろう。

家族にできることは、どんなに悲しい別れであっても「いってらっしゃい」と送り出してあげることだ。それを教えてくれたのは、ダニエルさんのご家族だった。

心臓疾患でホスピスに入所していたダニエルさんはもう何にも反応しない状態で、息も絶え絶えにベッドに横たわっていた。そして部屋には、私と奥さん、子供たちが患者さんの様子を見守っていた。息の間隔が広がってきた。最期が近い。思い出したように大きく息を吸い込む様子は、一生懸命生きようとしている力強さがあった。死ぬのは怖くないが、愛する家族のために生きていたいと常々漏らしていた。その葛藤が息遣いに表れているように思えた。息を引き取るまであと30分かも知れない、数時間かも知れない、そんな思いで私たちはそっと見守っていた。患者さんの息だけが響く静かな空間にいて、私はこれまで患者さんとのやりとりや、人生を思い浮かべていた。まだ50代だ。奥さんに出会えたことがどれだけの幸せをもたらしたのか、孫たちの成長がどれだけ楽しみなのか、家族の写真を眺めながら涙をこぼしていた。ダニエルさんの息がまた変わった。間隔がさらに広がり、吸う息が少し辛そうだ。するといきなり奥さんが立ちあがり、彼の耳元に口を近づけて何かを囁いた。

「もういいのよ。息をしなくていいのよ。私たちは大丈夫。安心して。愛してるわ。さあもう逝きなさい」

それは母親が子供を優しく諭すような、揺るぎのない強さと、愛情に満ちた一言だった。そしてその瞬間患者さんの息の間隔が長くなり、やがて息が止まった。

奥さんの声かけに「なんと残酷な」と思う方もいるかも知れない。確かにそれは他人が聞けばまるで死ぬことを催促しているようにも受け取れる。しかし長く患者さんに寄り添い、二人の深い絆に触れた私には、奥さんからの最高の愛情の表現に思えた。誰でも愛する人にはいつまでも側にいて欲しい。それがどんな状態であってもだ。それは相手のためではなく、自分のためであることは明らかだ。もう意識がなくても、まだ自分の前に存在していて、触れることができるだけで、語りかけることができるだけで、やがてくる別れの辛さから逃げることができるからだ。

しかし患者さんの立場になってみれば、それは自然の摂理に反した、辛い状態で生き長らえていることになる。奥さんは、ダニエルさんが自分たちのためにまだとどまっていると知っていたのだ。家族のために苦しみの中生きながらえてほしくないと思った奥さんが、悲しみを押し殺して、かけた一言だった。そして彼は全てを悟り、命を手放した。

その場に居合わせた私は、その光景に身震いがする思いだった。身体が動かなくなっても、意識がなくなっても、奥さんからの愛情は確かに、ダニエルさんに届いていた。そして患者さんは身を以てそれに応えた。そこには肉体を超え、心を超えた、魂の深い繋がりがあった。そしてダニエルさんは肉体を失っても、常にご家族と共にあるのであろうと確信した。

ご家族のグリーフは続いていく。記念日や大きな祝日には、一緒に過ごした時間が思いだされて悲しみが押し寄せるだろう。故人に抱きしめられて、愛された日々を思い出し涙が止まらない日があるかもしれない。その深い悲しみの中であっても、故人の魂はこれからも共にあると気づくときが来る。愛情は肉体に縛られることなく、あちらの世界とこちらの世界を永遠の絆で結ぶ。真の極上の別れの条件は、それを心に刻むことなのかもしれない。

あとがき

執筆を進める中でも、新型コロナウイルスは人の命を奪い続け、形を変えてその存在を知らしめ続けている。3月1日の時点で、世界の死者は約260万にもおよび、日本でも約8000もの尊い命が失われた。そしてその何倍もの数のご遺族が今も残酷な別れを嘆き悲しんでいる。本書には、世界中がその悲しみに包まれている今だからこそ、人生の最期における別れの大切さを伝えたいという想いを込めた。別れは旅立つものと見送るものの両側にある。紙面の都合上、ここでは主に旅立つ側の別れに触れた。快く経験を共有してくれた同僚たちに心からお礼を言いたい。執筆中、別れの生き様を示してくれた両親やハワイで出会った患者さんたちが常に私と共にあった。その永遠の関係をこれからも人生の中に紡いでいきたい。

参考文献

第一条

1）National Hospice Palliative Care Organization.(2020). NHPCO facts and figures（2020 ed.）. https://www.nhpco.org/wp-content/uploads/NHPCO-Facts-Figures-2020-edition.pdf.

2）National Cancer Institute. https://www.cancer.gov/about-cancer/coping/day-to-day/daily-routine.

3）American Psychological Association. What is cognitive behavioral therapy? https://www.apa.org/ptsd-guideline/patients-and-families/cognitive-behavioral.

4）Positive Psychology Center, University of Pennsylvania. PERMA theory of well-being and PERMA workshops. https://ppc.sas.upenn.edu/learn-more/perma-theory-well-being-and-perma-workshops

5）Casellas-Grau, A., Font, A., & Vives, J.（2014）Positive psychology interventions in breast cancer. A systematic review. Psycho-oncology, 23, 9-19.

第二条

6）Hospice Hawaii Patients and Family Resource Book.（2018）.

7）Hallenbeck, J. L.（2003）. Palliative care perspectives. New York, NY: Oxford University Press.

8）Vitaltalk. https://www.vitaltalk.org

9）Aki M.（2020）. How to say good bye to a dying family member over the telephone: a scripted conversation. https://akimorita-psyd.com/2020/04/23/how-to-say-goodbye-to-a-dying-family-member-over-the-telephone-a-

scripted-conversation/
10) バイタルトーク. https://www.vitaltalk.org/wpcontent/uploads/VitalTalk_COVID_Japanese.pdf
11) 人生の最終段階における医療に関する意識調査報告書.（平成30年）. 厚生労働省.
https://www.mhlw.go.jp/toukei/list/dl/saisyuiryo_a_h29.pdf

第三条
12) Diehl, M., Smyer, M.A., & Mehrotra, C.M.（2020）. Optimizing aging: a call for a new narrative. American Psychologist, 75（4）, 577-589.

第四条
13) 市町村・地域包括支援センターによる家族介護者支援マニュアル：介護者本人の人生の支援.（平成29年）. 厚生労働省.
https://www.mhlw.go.jp/content/12300000/000307003.pdf
14) Chochinov, H. M.（2012）. Dignity therapy: final words for final days. New York, NY: Oxford University Press.
15) Diem, S.J., Lantos, J.D., & Tulsky, J. A.（1996）. Cardiopulmonary resuscitation on television: miracles and misinformation. The New England Journal of Medicine, June, 1578-1582.
16) Emanuel, L.L., von Gunten, C.F., & Ferris, F. D.（2000）. Advance care planning. Archives of Family Medicine, 9, 1181-1187.

第五条
17）Parker, J., (2019). Access to hospital palliative care growing in United States. Hospice News. https://hospicenews.com/2019/09/26/access-to-hospital-palliative-care-growing-in-united-states/
18）Alive inside（2014). http://www.aliveinside.us

第七条
19）Christina, M., & Ferrell, B.（2010). Making health care whole. West Conshohoken, PA: Templeton Press.
20）Oregon death with dignity act: annual reports 2019. Death with Dignity. https://www.deathwithdignity.org/oregon-death-with-dignity-act-annual-reports/
21）Sumner, L.W.（2017). Physician-assisted death: what everyone needs to know. New York, NY: Oxford Press.
22）新田次郎, 藤原正彦（2015). 孤愁：サウダーデ. 文春文庫.
23）深沢暁（2013). サウダーデとポルトガル人：パスコアイスとモラエスの事例に触れて. 天理大学学報, 65(1), 11-26.

第八条
24）Emmons, R.A., & Stern, R.（2013). Gratitude as a psychotherapeutic intervention. Journal of Clinical Psychology, 69（8), 846-855.

第九条
25）大木英夫（1970). 終末論的考察. 中央公論社

著者プロフィール

森田 亜紀（もりた あき）

グリーフ＆ブリーブメント研究所　代表。

臨床心理学博士。

兵庫県出身。一部上場企業で3年勤めた後、1990年渡米。ニューヨーク州コロンビア大学・ティーチャーズカレッジカウンセリング学科修士、ロングアイランド大学臨床心理学科博士過程修了。ノースキャロライナ州、カリフォルニア州で全寮制の教育施設で行動療法コーチ、クリニカルディレクターを務めた後、ハワイに移住。2012年からオアフ島のホスピスにてグリーフカウンセラー兼、遺族ケアコーディネーターとしてグリーフケアに関わる。2019年帰国。現在横浜を拠点に国内外で講演・教育・執筆活動を精力的にこなす。

ホームページ：www.akimorita-psyd.com
フェースブック：facebook.com/aki.morita.9440

極上の別れの条件

2021年５月15日　初版第１刷発行

著　者　森田 亜紀
発行者　瓜谷 綱延
発行所　株式会社文芸社
〒160-0022 東京都新宿区新宿1－10－1
電話 03-5369-3060（代表）
03-5369-2299（販売）

印刷所　株式会社フクイン

ISBN978-4-286-22627-9　JASRAC 出 2101553-101